黑色魔咒 ❶

Fairest of All

魔镜呀魔镜，告诉我，谁是王国里最美丽的人？

镜子里的魔法

迪士尼（中国）公司 / 著　刘永安 / 编

北方联合出版传媒（集团）股份有限公司
万卷出版有限责任公司

ⓒ 迪士尼（中国）公司　刘永安　2024

图书在版编目（CIP）数据

镜子里的魔法/迪士尼（中国）公司著；刘永安编.—沈阳：万卷出版有限责任公司，2024.2
ISBN 978-7-5470-6110-7

Ⅰ.①镜… Ⅱ.①迪…②刘… Ⅲ.①长篇小说—中国—当代 Ⅳ.①I247.5

中国版本图书馆CIP数据核字（2022）第191761号

出 品 人：	王维良
出版发行：	北方联合出版传媒（集团）股份有限公司
	万卷出版有限责任公司
	（地址：沈阳市和平区十一纬路29号　邮编：110003）
印 刷 者：	宁波乐图纸制品有限公司
经 销 者：	全国新华书店
幅面尺寸：	145mm×210mm
字　　数：	120千字
印　　张：	7.25
出版时间：	2024年2月第1版
印刷时间：	2024年2月第1次印刷
责任编辑：	冯顺利
责任校对：	刘　洋
封面设计：	刘萍萍
版式设计：	徐春迎
ISBN 978-7-5470-6110-7	
定　　价：	42.00元
联系电话：	024-23284090
传　　真：	024-23284448

常年法律顾问：王　伟　版权所有　侵权必究　举报电话：024-23284090
如有印装质量问题，请与印刷厂联系。联系电话：0574-87096930

目录

第 1 章　　玫瑰花瓣、亲吻和蛋糕　001

第 2 章　　龙与骑士　017

第 3 章　　魔镜啊，魔镜　027

第 4 章　　苹果花开　037

第 5 章　　光影幻觉　051

第 6 章　　古怪三姐妹　057

第 7 章　　镜子与光线　069

第 8 章　　镜子里的男人　085

第 9 章　　镜子工匠　091

第 10 章　　灵魂的破碎　101

第 11 章　　告别　111

第 12 章　　孤独的王后　119

第 13 章　嫉妒　131

第 14 章　纯真的魅力　139

第 15 章　返城　153

第 16 章　折磨　165

第 17 章　另一次告别　171

第 18 章　梦病　175

第 19 章　走火入魔　187

第 20 章　猎人亨茨曼　195

第 21 章　老妇人与苹果　201

第 22 章　老婆婆、空地与小木屋　207

第 23 章　悬崖　215

尾声　221

第 1 章 玫瑰花瓣、亲吻和蛋糕

城堡庭院里的苹果树开满了花，树上挂满装饰用的银色彩球，阳光洒落在花瓣与彩球之间，反射出灿烂的光辉。

城堡前的大石阶撒满玫瑰花瓣，石阶下有一口石井，井棚上披着紫藤花与栀子花交织形成的花环。再往前，城堡正门口列队站立着一百名侍者，全都穿上最精致的银绣靛蓝色工作服，准备迎接拥入庭院前来参加婚礼的宾客。此刻，仿佛全世界的人都聚集到这口古井旁，引颈盼望国王将迎娶的新娘登场。新娘是一位举世闻名的镜子工匠的女儿，据说她美得就像只存在于神话或传说中的仙女。庭院里挤满来自其他王国的王室成员，所有人都期待婚礼立刻正式开始。

与此同时，即将成为王后的新娘独自待在自己的房间，镜子里的她看起来非常紧张。这是当然的，没有哪个女人在经历那样的巨变后，还能够表现得从容不迫。她就要嫁给自己心爱的男人了；她就要成为对方女儿的新妈妈了；她就要变成这个王国的王后了。是的，王后。这原本是一件非常值得开心的事，但她手中扶着的镜子却散发着一股莫名的恐怖感。

王后的侍女维洛娜先在门外清了清喉咙，预告进房的举动，接着才迫不及待地打开房门。维洛娜有双蓝色明眸，眼底闪烁着幸福的光辉。这名贴身女仆明亮动人，光源仿佛直接发自内心，由内而外照亮她白皙的皮肤和浓密的秀发。

当维洛娜上前拥抱王后时，王后露出微微的笑容。在踏进宫廷以前，她身边不曾有过如此美丽的人做伴，也不曾体验过幸福；而现在，她身边有了亲如手足的维洛娜。

和维洛娜一起进房间的还有白雪，这名年约三四岁的小女孩，走起路来蹦蹦跳跳，水汪汪的双眼透出无法忽略的光芒。她的皮肤比冬天里的第一场雪还洁白无瑕，樱桃小嘴比顶级的红宝石还鲜红欲滴，浓黑的秀发如乌鸦羽翼般亮丽顺滑。白雪本来就像陶瓷娃娃一样精致，而今天在天鹅绒红礼服的衬托下，显得倍加可爱。

维洛娜牵着白雪的小手，试图阻止小女孩玩弄礼服上的珠饰。

"白雪,我说过不要再玩衣服上的珠子了,不然婚礼还没开始,衣服就先被你弄坏了。"

王后笑着说:"你好呀,小姑娘,你今天看起来真可爱。"

白雪的脸颊一下子变得红通通,躲到维洛娜裙子后面,只敢偷偷看后母。

"你的新母后今天很漂亮,对不对,白雪?"维洛娜问。

白雪点点头。

"那你要告诉她呀,亲爱的。"维洛娜弯下腰来笑着哄这腼腆的小女孩。

"你今天看起来也很漂亮,妈妈。"白雪说的话融化了王后的心。

王后对白雪张开双臂,白雪在维洛娜轻声细语鼓励下,走向前接受拥抱。白雪是如此小鸟依人的小不点儿,然而这小不点儿却让后母心里感到一阵触痛,就好像这孩子的美丽刺伤了她。王后将白雪抱在怀里,心中充满一股不曾体验过的爱,她觉得自己的心脏或许会因为承受不住这份爱而爆裂。同时,她内心深处还埋藏一个小小的心愿,希望自己能吸收这孩子的美并占为己有,如此一来,她才算是真正的美丽。

"您真是明艳动人,王后殿下。"维洛娜仿佛看穿王后内心的不安，露出会心的笑容说道。

王后再次照了照镜子，这次她看见镜子里的自己和母亲有几分相似。她回想起国王曾说过她们母女俩十分相像。也许他说得对。虽然她过去从不认为自己长得像母亲，但现在当她穿着母亲当年结婚时穿的那件结婚礼服站在镜子前，才第一次觉得她们母女俩可能真的很像。

这套礼服是色调鲜艳的深红色，然而多年来却不曾减弱一丝光彩。礼服上绣着一片华丽黑鸟图形，点缀的黑茶晶在灯光照耀下闪闪发亮。王后突然感到心头一阵雀跃，但很快又感到消沉。她想着，要是今天母亲也在场的话就太好了；或者应该说，要是她这辈子曾经享受母亲的陪伴，该有多好。

关于母亲，王后一无所知，只是见过挂在老家墙上的那张母亲肖像画。但她从小就喜欢盯着那幅肖像画看，赞叹与喜爱画中女士的美貌，一心渴望画中女士的拥抱。王后经常幻想这位她从没见过的母亲将她拉入怀里，牵着彼此的手跳舞，礼服上的珠宝会随着她们笑声的起伏而闪烁光芒。

王后回过神来看着白雪，白雪已经跑到房间另一头玩弄窗帘上的流苏去了。尽管这个小女孩的眼神看似充满喜悦，但王后知道这可怜的女孩心中也有失落。这个小女孩心里肯定也有一块无以慰藉的空洞。

一想到自己永远都不可能取代国王的第一任妻子，王后不禁皱眉。白雪怎么可能像爱自己的亲生母亲一样爱另外一个女人？更何况，她的人生既平凡无奇又暗淡无光，白雪怎么可能把她这种人放在心上？

维洛娜上前照顾独自玩耍的白雪，王后的思绪再次飘移，回想起在父亲的镜子店铺与国王相遇那一天。她父亲是一位闻名遐迩的镜子工匠，其精湛的手艺受到所有人的推崇，就连国王都觉得有必要亲自拜访这位公认的全国最优秀的工匠。

在国王参观完工匠的商品后，工匠向国王呈贡上一面自己亲手打造的镜子。就在准备离去时，国王注意到正在古井旁打水的年轻姑娘，随即命令侍卫停下脚步。

"那是谁家的姑娘？"国王问。

"那是镜子工匠的女儿，陛下。"一名随从回答。

国王迈步走到她面前并牵起她的手。她吓了一跳，不小心让水桶掉到国王脚边，淋湿了他的靴子与袜子。

工匠女儿紧张地抬起头，以为会遭到严厉斥责，甚至可能会因此被关进地牢。没想到国王却一笑置之，开始和她聊天。

国王不断称赞她的外表有多迷人，说原来在她父亲那么多作品里，最完美的就在这里等诸如此类的形容，当时她以为国王只是在开玩笑。

"请您别再这样说了，国王陛下。"她尴尬回应道，不敢直视对方的淡蓝色眼睛，同时笨拙地行礼，摆出介于屈膝与鞠躬之间的诡异姿势。

"为何不能说？你肯定是这附近……不，我敢说你是这整个王国里最美丽的女人。难怪你父亲要当镜子工匠，为的就是要照映出你的美丽！"

工匠的女儿努力克制自己不要直视对方的表情，毕竟从她所站的石井到放眼望去的每一寸土地，全都属于这个男人统治的范围。

接着，来去匆匆的国王就这么告别了。离开时，国王承诺说很快就会再回来找她。她感到一头雾水，王国里那么多姑娘，国王怎么可能对她情有独钟呢？

就凭她。

她看着国王的护卫队驾车离去，在山丘下坡路消失不见，很快又在上坡路重新出现，每爬过一个坡他们就变得更小。父亲笑着说："女儿啊，看来他着了你的魔。"

当天晚上，她坐在自己空荡荡的小房间里，凝视窗外繁星点点的夜空，心想今晚国王是否会思念她？她想象母亲飞越夜空而来，在天上看护她；母亲衣服上的珠宝肯定如同星光璀璨，天衣无缝地融入夜空这块天毯。她想象自己和母亲一起在星际中翱翔，见证星辰陨灭与诞生，发着微光的星辰遍布四面八方，她飘浮在星色灿烂的夜空之中……然而与国王相遇的回忆，将她拉回简陋的小房间里。

她很肯定他不会再回来了。

就在国王离去后不久，镜子工匠便去世了。

父亲去世之后，她的生命犹如拨云见日般充满光明，就仿佛父亲在离开这个世界时，把所有黑暗也一并带走了。如此一来，即使她在这世上找不到爱情或幸福，至少也能找到从来不曾拥有的新事物。

就在父亲去世当天，在消息还没传开、国王尚未听到讣告前，工匠的女儿将父亲制造过的每一面镜子都搬到阳光底下，小片的镜子则挂在院子里一棵高大枫树上。那景色美极了。镜子随风摇曳，将捕捉到的阳光反射出去，让一道道光束在枫叶上起舞。反射的光点散落在屋子和院子各处，就像嬉戏的精灵四处玩耍。

很快，游客鱼贯而至，特地前来参观她为亡父献上的美丽悼念仪式。

国王也是其中之一。

"你的眼眸在你父亲镜子照射的光线下，显得更耀眼了。"国王站在刺眼的阳光底下说道。

明亮的阳光照进她原本黯淡的双眼，使其增亮变成焦糖般的浅褐色。国王告诉她自己仿佛着魔般迷恋她时，她心中涌现一阵寒意。着魔。如果她的美貌正如父亲说过的，不过就是一道蛊惑人心的魔咒，那该怎么办？她要继续欺骗眼前这个善良且充满爱心的男人吗？还是说，她那令人着魔的美貌，真的是与生俱来的命运？

国王走进她家，她不知道该如何是好，只好跟随在后。

"这幅是你的画像吗？"国王看着小屋里唯一的装饰品问道。

"那是我母亲的画像，陛下。我从没亲眼见过她。"

"你们真是不可思议地相像。"

"我也希望自己能像她那么美丽。"

"你跟你母亲简直是同一个模子刻出来的，你肯定早就知道了。"

工匠的女儿讶异地看着那幅画像，希望国王说的是真心话。但她最后决定还是把这些当作恭维话就好，会说这种话的人一定别有所求。他要的是什么呢？或许是看上她父亲的遗产？剩余的镜子？不论国王到底想要什么，反正不会是想要她的人。

但随着日子一天天过去，国王殷勤登门拜访，看来他唯一想要的确实就是她。于是她的生命变得如梦似幻，像一脚踩进天上人间，时时动人心魄。国王的子民热烈欢迎她，不仅如此，从国内到国外、从市井小民到吟游诗人都传唱这段佳话：镜子巧匠之女，俘虏国王的心。

维洛娜打断王后思绪，将她拉回到当下："宫廷里，不，应该说整个王国已经挤满了迫不及待想看新王后风采的人群，我们最好赶紧出发。"

王后露出微笑。

"我们三个将成为会场上最受瞩目的焦点。"她一边说着，一边牵起维洛娜和白雪的手往婚礼会场前进。

她们顺着螺旋楼梯往下走，王后从楼梯墙上的小窗户可以看到外面。就跟维洛娜说的一样，外面已经挤满了人。在那片人山人海中，王后看到了国王最敬爱的伯父马库斯，对方也注意到她，两个人隔窗相视而笑。马库斯是个有点邋遢但满脸笑呵呵的大块头，王后记得他的妻子薇薇安最近一直卧病在床，不过他还是想办法出席侄子的婚礼。马库斯身边站着的是他的好友、宫廷猎人亨茨曼，亨茨曼是体格健壮的英俊男子，有一双乌黑的大眼睛，头发与胡须也精心梳理过。

现场还有来自其他王国的国王与王后。在经过另一扇形状像"X"的窗户时，王后注意到国王的三个表亲也出席了，她们的行为举止还是一样古怪，不仅穿着打扮诡异，还总是黏在一块。她们脸上挂着一模一样的笑容，若有所思朝同一个方向歪着头，就像是三个人共享同一颗心脏。

温暖的烛光点亮整座城堡，使王后联想到自己最喜欢的冬至时节。城堡里到处都是点燃的蜡烛，多到让人发热。王后满脸通红，头也有点眩晕。国王站在古井旁等待，她走向红毯另一端的国王时，心脏怦怦直跳。那口古井是国王下令从镜子工匠家搬到这里的，这样他就能随时温习和王后初遇时的那一幕。

在维洛娜的帮助下，王后好不容易才站稳脚跟，将注意力集中到国王身上。国王的笑容十分灿烂。他本来就很英俊，穿上能够衬托黑发与淡蓝色眼睛的正式礼服后更是如此。他腰间还佩带着神气的宝剑，高筒靴在烛光下闪闪发亮。

王后觉得自己像是在梦中漫游。她经过一群浓妆艳抹的女人身边,她们脸上的白粉厚得像白纸,脸颊和嘴唇则抹得像一片片玫瑰花瓣。她们不停打量王后,而她努力不去在意她们脸上的表情,只把视线放在新郎身上。

虽然这些人脸上挂着笑容,但她敢说这些人笑得虚伪。有些人手上捧着小捆茉莉花,味道浓郁的香气逼人。除了嫉妒她的婚姻以外,她们还会想:她凭什么?王国里那么多漂亮姑娘,而这个乡村姑娘到底凭什么成为王后?一定有人在窃窃私语说她施展了什么魔咒,恶意满满的目光无声咒骂着她。

她走到站在古井旁的国王面前。或许他已经察觉到她的头晕与腿软,因此伸手牵住她。俩人四目相接后,王后觉得心跳终于慢了下来。婚礼正式开始。维洛娜和白雪退到一旁,婚礼主持人走上前。国王与王后交换爱的誓言、承诺彼此的爱、互相交换戒指,最后是亲吻。

一切幸福无比。

人群爆发出欢呼声。要不是国王第一时间扶住她,王后早就瘫倒在地上了。现场吹起一阵疾风,卷起地板上的粉红色玫瑰花瓣,从彩色玻璃窗反射出来的光束照亮纷飞的花瓣,整座城堡散发着超凡魅力。她是陷入热恋中的,美丽无比的王后。

身边的人无不称赞她的美丽。她试着不被这些夸奖或恭维冲昏头，但仍不禁感到飘飘然。这一天像是在粉红色薄雾中旋转。她的手背至少被人亲吻了一千遍，而且这辈子从没跳过这么多场舞，就连小时候和奶奶在一起时也没跳过这么多舞。

哦，奶奶！好希望奶奶今天也能在场。她想起奶奶在某个阳光普照的早晨说过的话，当时她们在父亲家厨房里一起吃草莓配鲜奶油当早餐。

"乖孩子，你真的很美丽。就算以后我不在了，你也别忘了这件事。"

"不在？奶奶，您打算去哪里旅行吗？"

"亲爱的，我以后要去天堂和你妈妈一起跳舞。以后你也会来找我们，但那将会是很久很久以后的事。"

"不要，我想要奶奶您留在这里，陪我一起跳舞，现在就跳！我不要奶奶消失不见，永远都不要！"于是她们开心地跳起舞，手牵手转圈，享受窗外照进来的阳光。奶奶有许多能帮她打起精神的方法，例如草莓、鲜奶油和跳舞。

她也要效法奶奶的精神，赶紧为白雪加油打气。这个想法让她感到愉悦与宽慰。她很乐意与国王和他娇嫩如花的女儿一起生活，她会把白雪视如己出般呵护，她会不厌其烦地每天称赞白雪有多美丽，然后她们会一起跳舞，就像母女一样开怀大笑。她们将成为母女。

白雪和维洛娜站在舞池边，目不转睛看着男男女女在舞池里跳舞，他们围成圆圈又散开，就像花朵在夏日微风中绽放。王后走到舞池边，将白雪抱进舞池并挽起她的手臂，步入晚礼服掀起的五彩旋涡中。王后紧紧拥着小女孩，在色彩缤纷如花园的舞池中跳舞，王后再次感受到那股澎湃的爱。

接着国王也加入她们，这个幸福的新家庭开怀大笑直到清晨，直到最后一批客人离去或回到客房里休息。

彻夜狂欢让筋疲力尽的小女孩睡着了，于是国王与王后将她抱回房间。

"晚安了，我的小宝贝。"王后轻声说道，亲吻了一下白雪。

白雪的脸颊亲起来像丝绸一样柔滑。王后小心翼翼不吵醒她，现在白雪的梦里想必有一群不停转圈的漂亮女士，甩着令人眼花缭乱的缤纷晚礼服和缎带在她身边打转。

国王牵着新妻子的手回到他们房间。破晓的阳光透过窗帘照进来，他们站在彼此面前，互相对看好一阵子。

这就是幸福。

"你拆开我送给你的礼物了。"国王看了一眼镜子说道。

那是一面椭圆形镜子，华丽精致的镀金外框，上方还雕饰一顶王后的头冠。这面镜子堪称完美，却不知为何让她再次感到和婚礼开始前一样的不安。她觉得胸口变得烦闷，就连房间也突然产生压迫感。

"怎么了，亲爱的？"国王问道。

王后试图开口，却说不出话来。

"你不喜欢这面镜子吗？"国王有些沮丧地问。

"不，亲爱的，只是……我只是……很累。我太累了。"她用仅剩的力气回答，但眼睛始终离不开那面镜子。

国王搂住她的肩膀，将她拉向自己并亲吻了一下。

"你当然累坏了，亲爱的，毕竟今天真是漫长的一天。"

她回吻国王，试着驱散心中所有恐惧。

她是恋爱中的女人。一切幸福无比。她决不允许任何事破坏这个大喜之日。

第 2 章 龙与骑士

婚礼结束后的第四天晚上,王后终于开始她的小家庭生活。来参加婚礼的亲朋好友都陆续回到各自的王国了。当天早上吃完早餐后,王后才刚送走国王的老伯父马库斯。马库斯是风趣的男人,个子矮小精悍,以他这把年纪来说算很结实了。由于他平易近人又疼爱侄子,因此王后并不介意他在城堡里多待几天。这几天国王和马库斯以及亨茨曼经常结伴去森林打猎,比赛谁能猎到更多食材,每次都把全身弄得脏兮兮。

"或许这是我们最后一次见面了,小姑娘。"马库斯向王后告别时说道,"因为我要去追寻南方的龙!那里的沼泽龙可危险了,不过我敢拍胸脯向你保证,它们和穴居龙没得比!我有没有说过我和宝蓝龙的故事?就是那头在我追踪过的猎物里,最美丽但也最致命的野兽,我说过吗?那次我的胡子差点被它烧光!"

马库斯一提到龙就绘声绘色，他激动地打手势，表演自己胡子着火的那一幕。

"那么伯母对您的冒险故事有何感想呢？"王后问。

"哦，她是有些荒谬的看法啦！"

"真的？具体来说是什么样的看法？"

"她认为一切都是我的幻想。你能想象她竟然这么说吗？幻想！她觉得我是因为整天陪着她无所事事，所以才胡思乱想出这一切！"

王后再次开怀大笑。她喜欢这位可爱的老先生，喜欢听他说那些潜伏在潮湿洞穴里的龙，以及他如何掠夺它们宝物之类的疯狂故事。

"好吧，不过我还是很遗憾她无法出席婚礼。等她身体恢复到能够旅行的程度时，我们一定要邀请她来城堡坐坐。"

"哦，别担心，你伯母薇薇安身子一好，肯定就会飞扑过来，搞不好她还会顺便占领这座城堡。"

王后依依不舍地为马库斯送别。在举办那么多场宴会后，此刻城堡显得有些冷清，但她还是很高兴终于有机会能和丈夫以及女儿独处。

她将晚餐安排在一间小饭厅里。王后喜欢城堡里较小的房间,她觉得小一点的房间比较有家的感觉。在家里时,她不是一位王后,而是一位贤妻良母,她觉得那样才是真正的自己。

饭厅的石墙上挂满华丽的挂毯,描绘骑士在战场上的英姿,或者美丽的少女看着池塘中自己的倒影。不过这间饭厅最显眼的地方是壁炉,这座壁炉比她还高上两倍,顶部装饰着一面用上等白石雕刻而成的女性面孔,这名女士眼神安详,静静看着下方,给人安心的感觉,温暖的炉火让饭厅变得很舒适。王后有时会好奇,那面白石美人是不是按照国王前妻——也就是白雪亲生母亲的模样雕出来的?她想知道白石美人是否正注视着这个家中的一切?白石美人是否也在监视她,想检验她是否为称职的贤妻良母?但王后不想揭开国王的旧伤,所以从没问过国王这个问题。她知道国王深爱前妻,但她也努力说服自己这并不影响国王对她的爱。

晚餐前,国王才给了她一个雕工十分细腻的小盒子,里面装着他前妻写的信。盒子上的锁是一颗心,钥匙则是一把穿心剑。国王说他前妻当年就是用这盒子来装她微薄的嫁妆。"不过罗斯在知道自己来日无多以后,就决定写下自己生活的点点滴滴装进这盒子里,这样白雪长大后就不会对她一无所知。"他在王后耳边低声说道,"我希望由你来保管这盒子,当你觉得时机成熟时,再跟白雪分享这些信件。"

王后心中感到很温暖,因为丈夫竟然将这重大责任托付给她。不过,王后也因此感到烦恼:她能够胜任这份工作吗?她负担得起责任吗?如果白雪读过亲生母亲写下的文字以后,因为思念生母而开始对自己心怀不满的话,那该怎么办?

"没问题。"王后这么回答。

这晚,王后穿着一件简单高雅的深红色高腰长袍搭配黑绒腰带,将乌黑的长发盘成辫子挽在头上,用红缎带和宝石发钗固定。当她看到女儿和国王手拉着手走进饭厅时,她的脸上不禁露出笑容,深邃的双眼在火光下闪烁。白雪穿着蓝色连身裙,这套衣服衬托出她圆鼓鼓脸颊上的蔷薇色。国王穿着比较休闲但仍旧帅气的金边黑长袍。

"嗨!亲爱的。"国王笑着走进饭厅。

这个新家庭的成员都入座,开始享用烤迷迭香面包、甜奶油抹酱、起司拼盘、烤猪排以及蒜香橄榄油地瓜泥。

"我想念马库斯爷爷!"白雪一边吃着蘸着肉酱的面包一边说着。

白雪是个挑食的女孩,王后为了鼓励她多吃点东西,把面包切成有趣的造型并蘸上肉酱。

"好了,小宝贝,你不吃点猪肉吗?"王后问。

"我觉得被烤的小猪很可怜,妈妈。"白雪回答。

王后叹了一口气:"那好吧,没关系,乖女孩。"

国王问道:"你最想念马库斯爷爷的什么呢,白雪?"

"我想要听更多跟龙有关的故事,爸爸。"白雪亮起双眼,同时把腰挺直,摆出寒冰龙的模样,马库斯说过这是相当罕见的龙。

国王露出淘气的笑脸:"这样呀!那么,也许我们应该来玩一下龙与骑士的游戏。"

白雪从座位上跳起来撞倒椅子,一口气跑到饭厅最远端。

"来抓我吧,大恶龙!"国王一只脚踩在椅子上呼喊,接着大声咆哮,开始跟女儿玩起你追我跑的游戏。白雪一下子尖叫一下子大笑,最后国王抱住白雪,不断亲吻她的小脸蛋。

"快救我,妈妈!我被骑士抓到了!"

王后捧腹大笑。她看着壁炉上的石像美人,那位美人正微笑低头俯视所有人。王后觉得自己仿佛获得了石像美人的认可，因此笑得比平常还开心。

"要不要我叫仆人把饭后甜点拿到客厅去？我们可以坐在火炉旁说故事，一直说到睡觉时间。"王后问。

"好呀！"白雪答道。饭厅虽然舒适，但客厅更惬意。客厅的火炉前有许多软垫和温暖的毛皮地毯，墙壁是一大片落地窗，旁边的门通往五颜六色的花园。蜡烛跟火炬照亮黑夜的客厅。

他们一家三口在客厅里互相依偎，一起吃着草莓配鲜奶油。外面开始下起暴雨，雨点打在窗户上滴答响。白雪看起来昏昏欲睡，于是国王说她该上床睡觉了。

"还不行，爸爸！再说一个故事就好，拜托！"白雪央求道。

"今晚我已经没有故事可讲了，我们明天再来说故事吧！"

"那么，妈妈，你可以说一个跟龙有关的故事给我听吗？拜托。"

王后紧张地瞄了丈夫一眼，国王耸耸肩表示无计可施。

既然无法拒绝小女孩的央求，王后也就只好顺从了："很久很久以前，有一个既悲伤又孤独还经常被大家误解的女人，她为了保护自己而对一个年轻的公主施展魔法，让公主陷入沉睡……"

"妈妈,她为什么悲伤?"白雪插话。

王后想了一会儿后回答:"我想应该是因为没有人爱她。"

"为什么没有?"白雪问。

"因为就连她也不喜欢她自己。她跟身边所有人都不一样,所以很怕被人排斥在外。她实在是太害怕了,于是干脆与世隔绝。这个伤心的女士唯一的朋友,是在家门外四处飞翔的乌鸦,它们栖息在附近的树上或峭壁上,每天带给她外界的消息,所以她还是可以知道外面发生什么事情。她得知公主的受洗日快到了,却没有人知道为什么她因为没有收到邀请而大发脾气。但你听我说,小宝贝,那是因为她知道一些公主不为人知的秘密,甚至连她的父母和仙女教母们也不知道。"

"我以为你要说的是一个跟龙有关的故事。"白雪再次打断她。

"我正在说呀,亲爱的。你知道吗,这名女士可不是普通人,她会变身成巨龙哦!当她变身时,她就是世界上最凶猛危险的生物。"

"真的吗?"白雪的眼皮带着困意慢慢闭上。

"千真万确,但故事后半段我们才会……"

在她继续说故事之前,白雪已经躺在她手臂上睡着了。国王牵起妻子的手,深情地看着对方。摇曳的火光照耀他侧脸,使他看起来更像是天使而不只是国王这样的凡人。

"你已经变成称职的母亲,我也因此更加爱你了。但是我们的客人才刚走,接着我也要离你们而去,真的很抱歉,亲爱的。"他带着诚挚的目光说道。

"离去?"王后惊讶地问。

"我并不想当那种只会派兵上战场送死,自己却安逸地窝在城堡里的国王。如果我们要为崇高的理想而战,那么我和其他士兵的生命就是平等的。"

王后觉得国王的精神十分高尚且勇敢,但丈夫要亲自上战场的事实,仍然吓得她动弹不得。他可是国王,明明可以选择留在家中陪伴她,为何却宁愿冒着生命危险上战场?难道他认为职责比爱情重要吗?难道他生命中的第一要务不是她跟白雪吗?接着,一个更令人不安的想法浮上心头:搞不好打从一开始,他追求她时所说过的情话就没有半句是真心话,他只想逃离她身边,即使失去性命也在所不惜。

"那么,我们得好好珍惜在一起的时间。"她沮丧说道。

"我不在的时候,你打算做些什么呢?"

"我想我会带白雪去森林里采野花。如果你不反对的话,我还想带她去看看她亲生母亲的坟墓。"

国王陷入一阵沉默,眼里涌现泪光。虽然他面无表情,但看到像他这种地位的男人摆出这表情,还是令人感到不可思议。

"抱歉,我是不是做过头了?"王后打破沉默问道。

"不,亲爱的,你没有。我只是没想到你竟然愿意让白雪多了解她的亲生母亲,这对我来说意义重大。你真是了不起的女人,有一颗高贵美丽的心。你永远无法想象我究竟多爱你。"王后听完这番话以后,亲了一下国王的脸并起身离去。

"我也爱你,我们会在家里等待你早日凯旋。"

第 3 章

魔镜啊,魔镜

国王离开后的几个月里,王后慢慢熟悉新环境,大多数时间都花在白雪身上。她们经常一起在树林里野餐,王后教白雪怎样做精致的针线活儿。到了晚上,她们就一起在王后的房间靠着火炉取暖,王后会给白雪讲跟龙有关的睡前故事,而白雪便躺在原本属于国王睡觉的位置上进入梦乡。

她们也常常在白雪亲生母亲的墓园,度过阳光普照的午后时光。陵墓周围开满鲜花,四处爬满玫瑰、紫藤、茉莉、忍冬与栀子花,弥漫着令人陶醉的花香,全是先王后喜爱的花。王后常常坐在草地上一连好几个小时,说一些与白雪生母有关的故事给白雪听,那些故事都是她从国王交给她的信箱盒里得知的,有时她还会拿出一两封念给白雪听。

"我的第一个妈妈漂亮吗?"白雪问。

"我相信她很漂亮,小宝贝。我会问问看有没有她的画像可以给你看,但我很肯定她十分美丽。"

白雪看起来有些困惑。

"怎么了,宝贝?"

白雪就像听到什么风吹草动的兔子一样抬起头来,让王后感到心里暖暖的。

"妈妈,你为什么能肯定她很美丽?"

王后对这早熟的孩子微微一笑。

"这个嘛,小宝贝,因为你是我见过的最漂亮的女孩,所以这很合理……"

白雪似乎对这个推理很满意。"再跟我多说一点她的事情,拜托,妈妈。她最喜欢什么颜色?她最喜欢什么点心?"

"这我就不能肯定了,或许她会在这些信里提到这些事。不过我知道她很擅长骑马。她非常喜欢马,还希望等你长大以后能教你骑马。你要我教你如何骑马吗?"

"要,妈妈!我好喜欢马!"

"真的呀?我不知道原来你喜欢马。"

"那妈妈最喜欢什么颜色?是红色吗?我猜一定是红色,因为你经常穿红色的衣服!"

"没错，你猜对了，小宝贝。"

"那我呢？妈妈知道我最喜欢什么颜色吗？"

"我想是……蓝色。"

"答对了，妈妈！"

"看起来好像快下雨了，我们采些花带回城堡怎么样？我们最好在淋成落汤鸡以前回去。"

"好，妈妈。我们来采红色跟蓝色的花！"

果然一采完花，天空就开始下雨。她们跑到城堡外的石阶上时全身都淋湿了，裙子褶皱上还夹着几根带嫩枝的小花。但她们玩得很开心，并没有被湿透的衣服影响心情。

她们开怀大笑地回到城堡，维洛娜早已等候多时。

"天哪！看看你们俩！浑身都湿透了。最好快把湿衣服换掉，我已经准备好热水了，快去洗澡。"维洛娜说，同时从被雨淋湿的两个美人手上接过鲜花。

"维洛娜，可以麻烦你将这些花放进装水的碗里，然后摆在各个角落吗？"王后觉得，要是城堡里充满白雪生母喜爱的花香，也许会让白雪觉得母亲随时都在身边。王后也一直很想知道，自己的母亲究竟安葬在哪里。

"没问题，王后殿下。"维洛娜答道，接着引导王后前往已经备妥热水的房间。

说到这房间,王后大多数时候都坐在房间角落的一张椅子上,那张天鹅绒衬垫扶手椅的外观就跟宝座一样奢华,她相信那是整座王国里最舒适的座位。那张椅子靠近壁炉,旁边墙上的壁龛里摆着王后最喜欢的书籍。在丈夫不在家的这段时间,她夜里常常坐在那里打发时间,今晚也不例外。不过在那之前要先泡澡。

王后一泡进热腾腾的热水,就觉得全身快冻僵的骨头都解冻了,惬意无比。今天她和白雪又过得非常愉快,尽管最后下起冰冷的大雨。

不过,她依然很想念国王。

她看着热气盘旋上升陷入沉思。这房间相当大。石墙上挂着红色、金色与黑色的精致壁毯,这些壁毯挂在造型华丽的铁托架杆上。壁毯不只是漂亮的装饰品,也能抵挡门外的寒气。

大壁炉左右两侧各有一座栩栩如生的巨大雕像,雕刻的都是长着鸟兽翅膀的美人,但美人表情严厉又冷漠,居高临下地睥睨下方。

门外响起轻轻的敲门声,王后吓了一跳。

"维洛娜,是你吗?"王后说。

"是我,没错。"维洛娜隔着门回应,"殿下,我擅自做主请厨师煮了些白雪爱吃的菜作为她的晚餐,因为她看起来有些闷闷不乐的。"

王后没有回应。

"她在想念她父亲,"维洛娜继续说,"我相信您也是,毕竟他已经离开好几个月了。"

王后思考了一下维洛娜说的话,接着才打破沉默。

"多亏有你在,我们母女俩才能坚持下去。我们很感谢也很爱你,维洛娜。"

"谢谢您的厚爱,您还需要我帮什么忙吗?加点热水?还是要来条浴巾?"

不过王后已经早一步踏出浴缸,拿起身旁小炉架上烘暖的浴巾裹住自己。

"我已经出浴了,亲爱的。你可以进来了。"王后说道。

身为王后的贴身侍女,维洛娜原本有义务帮王后洗澡。但王后坚持不想让别人看见她没有化妆也没有整理头发的模样。不过,最近她和维洛娜相处得越来越自在,现在已经不太介意让对方看见自己素颜或穿便服的模样。

维洛娜进到房间里,但有些局促不安,因为她知道王后并不喜欢被人看见自己上妆前的样子。

"我相信国王很快就会回来了,殿下。"维洛娜一边说，一边挪动房间里的小饰品，假装自己只是顺便整理一下房间，而不是刻意不看王后的素颜。

"同时我也在想，或许您和白雪偶尔参加个活动会有帮助。"

"啊！你该不会有什么打算吧？"王后嘴角微微上扬。

"因为苹果花节快到了，如果您出席的话，百姓一定会很激动。想想看，要是王后和公主亲自为苹果花公主加冕来炒热气氛，那肯定是件不得了的大事！"

王后考虑了一下。尽管她目前为止已经参加过许多典礼与节庆，身边还有不少随从，但她始终无法自在面对人群。她还是比较习惯独自一人。不过王后突然想到白雪应该会喜欢这种活动。

"你也会陪我们一起去吧？"王后问。

"是的，殿下！"维洛娜开心地看向王后，都忘了自己原本想避免与王后直视。

"那我们就一起参加吧！"

"谢谢您，殿下。"维洛娜行了个礼，"我是否能先行告退去安排相关事宜？"

"当然，亲爱的。我可以自己来。"王后背对维洛娜，透过镜子的反射看着她的脸说道。

维洛娜才刚离开房间，王后就注意到有一股令人不安，甚至令人害怕的感觉。就在维洛娜关上门，只剩下王后独自一人照着国王送给她的镜子时，她透过镜子看见似乎有什么东西在背后动了一下。看来除了她以外房间里还有其他东西，不，搞不好是有其他人在。但怎么可能？她环视一下房间，显然没有其他人。维洛娜平常进出房间时都会锁门，没人有办法偷偷溜进来。可是王后相当肯定，刚刚在镜子里看到身后有一张脸。

她盯着镜子瞧，仔细检查房间每个角落；要是房间里真的有人的话，看到她这副模样八成会以为她疯了。但无论如何，她都得确认这里只有自己一个人。彻底检查过房间以后，她得到了结论。

一定是摇曳的火光，让人产生了错觉。

她坐回到她最喜欢的椅子上，让狂跳的心脏平静下来。壁炉温暖的火让人情绪逐渐平缓，她赤裸的脚趾踩在熊皮地毯上来回磨蹭。她想，自己一定是因为过于悲伤而稍微失去理智。真希望能知道丈夫究竟何时（能否）回来。

王后眼皮开始变得沉重，昏昏欲睡。但她还是不确定房间真的没有其他人，因而无法安心小睡片刻。她站起来，再次走到镜子前。再看一眼就好，只要再看一眼她就能放心去休息。她贴近镜子想检查得更仔细一些，或许是镜子被人动了什么手脚，也许被施了什么法术也不一定。

"晚上好，王后殿下。"

王后想放声尖叫，但紧缩的喉咙发不出半点声音。她出于本能猛击那面大镜子，将它从石墙上拍打下来。镜子掉落在大理石地板上碎了满地，但王后非常确定她在镜子碎片中依旧看得到一张男人的脸，那个人的脸不仅随镜子分裂成好几块，还一直盯着她看。过了一会儿，那个男人才消失不见踪影。

"王后殿下，发生什么事了？还好吗？"门外传来一名侍从的声音。这名侍从气喘如牛，听得出他是奔过来的。王后试图调整自己的呼吸。

"我……我没事，谢谢关心。我只是不小心摔破一面镜子罢了。"王后答道，觉得头有点晕。

"好的，"侍从说，"我们马上就来清理。"

侍从离去时，王后听见他似乎在嘟哝什么，她敢发誓对方提到了她父亲的名字。

不久后，那名侍从带着其他人回来清理房间。王后看着侍从匆忙将镜子碎片拿出房门外，很快，那可怕的东西就被清理得一干二净了。

尽管如此,当她前往饭厅准备吃晚餐时,脑海里仍充斥着那名镜中男子的面孔。少了国王爽朗的笑声和孩子般的活力后,这座城堡显得更加寂静。就连原本温馨的小饭厅,现在看起来也变得庄严且空虚。维洛娜说得没错,白雪因为思念父亲而变得闷闷不乐。为了给白雪打气,王后开口说:"小宝贝,我有个惊喜要告诉你,我们后天要去参加苹果花节啦!"白雪听到后,马上露出开心的笑容,就连壁炉上方的白石美人仿佛也跟着露出微笑。

要是王后也能像她们一样,真心露出笑脸就好了。

第 4 章 苹果花开

白雪、维洛娜以及王后三人坐上前往节庆会场的马车车厢，白雪问道："妈妈，是不是快到叶子换颜色的时候了？"

"是的，亲爱的。"王后回答。

白雪露出困惑的表情。

"可是苹果花不是要等冬天过了才会开吗？"

王后微微一笑。

"通常是这样，没错，小宝贝。但那里的苹果花园比较特别，没有人知道那里的苹果花为什么总是在秋天开，不过倒是有个传说。说是在很久很久以前，有个年轻少女在森林里迷了路。那时已是年末，快到冬至了。少女饥寒交迫，充满恐慌。她蜷缩在一排苹果树下，突然出现奇妙的魔法让周围变温暖，还使苹果树开花结果，那名少女就这样暖衣饱食地度过整个冬天。等春天来临时，少女的父母终于因找到她而欣喜若狂,原本大家都以为她已经冻死在冰天雪地中了。"

听完故事后,白雪想了一会儿,接着靠在椅背上露出笑脸。

"我不会像她那样离开妈妈爸爸身边半步。可是我喜欢吃苹果,要是整个冬天都吃得到苹果,就太棒了!"

孩子的天真无邪,让王后和维洛娜相视而笑。

王后往车窗外张望,发现前方的村庄已经沸沸扬扬,期待王后驾到。

王后觉得有点抱歉,毕竟她宣布说要出席苹果花节,也才只是两天前的事,通常她如果要拜访平民都会事先通知,但她实在迫切想暂离那座阴郁的城堡。

还好,村民们看起来很兴奋,并没有因为她的临时出席而降温。而且当三位美人从马车车厢走出来时,手捧苹果花的子民还向王后一行人欢呼喝彩。花瓣如梦似幻般在空中飞舞,缓缓飘落在她们周围。王后注意到落在白雪乌黑秀发上的花瓣衬托出白雪的可爱,她提醒自己必须要为白雪做一套粉红色连衣裙才行。王后对子民们展现笑容,接着坐下来欣赏活动。白雪一边吃着水果塔,一边看着许多漂亮姑娘到王后面前尽情表演,每位姑娘都希望自己夺得这一届的苹果花公主。

"可是,妈妈,我觉得你比这些女孩都要漂亮耶!维洛娜,你觉得呢?"白雪问道。

但维洛娜没有答话,她正分心读着一名信使刚刚送来的信件。

王后注意到维洛娜手中的信件,倾身询问信里写了什么。

维洛娜把信收起来,露出开心的表情在王后耳边小声说道。

"王后殿下,信件上说国王将在今晚回宫!"

"他要回来了?在他回到城堡以前,我们有好多事情得先做好准备!"王后当下就想回城堡,但她已经承诺会全程参与苹果花节,她不能让白雪和子民失望。

"写封信叫信使带回城通知其他仆人,"王后悄悄跟维洛娜说道,"跟他们说,我要为国王归来举办最盛大的庆祝晚宴。"

在苹果花节逐渐接近尾声并选出苹果花公主以前,王后唯一能做的就是努力转移注意力,克制自己不去想丈夫要回来了。她决定晚上要安排一顿盛宴,首先是丈夫最爱的烤乳猪,至于她和白雪则享用嫩煎雏鸡烩菌菇白酱。餐桌得摆满丰盛的山珍海味：精致蜜饯梨、糖霜杏果、迷迭香烤甘薯，还要有一壶壶热香料苹果酒和红酒。为了庆祝国王凯旋，城堡里每个人都要吃饱喝足才行。

回程路上，王后忍不住告诉白雪这个喜讯。她们回到城堡时，大厅已经点满蜡烛，燃起温暖的炉火，每个人愉快地交谈着。维洛娜带白雪匆匆跑上楼梳头洗脸换衣服，准备迎接父亲回家。王后也一样，她手忙脚乱地擦拭身体、喷香水、补妆、整理头发等，但整个过程脸上始终挂着灿烂的笑容。

她回到城堡大厅，白雪已经在那里等候。白雪坐在大厅的高背椅上，看起来格外小巧玲珑。准备工作还没有完全结束，王后也还来不及坐下，外面就传来一阵响亮号角声。白雪知道那阵号角声的意思，她从座位上跳起来，直奔大厅门口。王后追随在后，长礼服拖慢了脚步。

国王踏进大厅喊道："我不在的这段时间，我的两位美人是如何打发时间的呢？"城堡里爆发出欢呼声。白雪跳到国王怀里，他抱着孩子转圈并亲吻她。

从战场上回来的他变了一个人。王后注意到他的右脸颊多了一道伤疤，他的头发不像以前那么整洁，胡子也变得杂乱。除了外表以外，还有一些东西也变了。他的双眼因为悲伤与困惑而显得疲惫，或许还夹杂懊悔。不过，在他眼底深处，王后仍看得见她深爱的那双蓝眼睛，还闪烁着光芒。

王后心底涌现一股未曾有过的情绪。她无法解释那是什么样的感觉，介于深深的悲伤和纯粹狂喜之间的感觉。她嘴唇微微颤抖，眼里充满泪水。她跑向国王，紧紧抱住他和孩子。

"我好想你。"她说。

"妈妈今天为苹果花公主加冕哦！哦，爸爸，苹果花掉在她头发上好漂亮！"

"那位苹果花公主这么美呀？"国王问道。白雪扮了张鬼脸，那表情像是在说，你明明知道我是在说妈妈，而不是苹果花公主。

"我说的是妈妈，她是全场最漂亮的女生！妈妈明明才是苹果花公主！"

"哦！我相信她是最美丽的人。看起来我不在的时候，你们度过了一段愉快的时光，真可惜我错过了这些美好时光。"

"没关系啦，爸爸！不过我想到一件事，就是如果你跟龙交朋友的话，那你就可以很快地飞回家了。要不然的话，你也可以学怎么变成一条龙，就像妈妈说的故事里那个女士那样！"

听到这样的童言童语，国王和王后都笑了。

庆功宴举行到一半，突然间一声轰隆巨响，一阵爆炸撼动整座城堡。宴会厅到处都是恐惧的尖叫声，慌乱的仆人四处寻找可以躲藏的角落。

"白雪！白雪！"王后在惊慌失措的人群里找不到孩子，房间里浓烟滚滚，什么也看不见。

刚刚凯旋的士兵齐声喊着战斗口号。奇怪的是，这些人竟然已经全副武装，照理来说，在这种场合是不可能马上就穿好盔甲的。王后大惑不解，到底发生什么事了？

与此同时，有什么东西撞垮了大厅木门，吓得王后尖叫起来。

"白雪！"她再次喊道，但仍然没有得到回应。

穿着皇家蓝的骑兵闯进大厅，然而国王的手下似乎却是在试图阻挡他们进入。

接着，一只强而有力的手抓住王后的手臂拉扯她。她倒抽一口气，转身看究竟是谁抓住她不放……竟然是国王！而且他另一只手还抱着白雪。

"往这里走！"他说道。

王后感到晕头转向,但她尽全力跟上国王的脚步。

"那些人是谁?"她向丈夫问道,此时国王正带领她穿越其中一间大厅,这里的士兵正穿戴盔甲准备战斗。

"那是最近才交手过的敌军,他们肯定是跟踪我回来的。抱歉,我竟然让你和白雪陷入这种危险场面。"

白雪把头埋在父亲肩膀上持续发抖,时不时抬头看是否有追击的伏兵,以及各个厅房是否还冒着浓烟。指挥作战的呐喊声与战吼在城堡里回响。国王开启一扇通往地牢的门,同时抓起火炬,迅速带领王后和白雪沿着螺旋楼梯往下走到地牢。一片漆黑的地牢既潮湿又寒冷,王后看不见地面。国王在地板上四处摸索,最后终于找到暗门。

"拿好火炬。"他对王后说,"沿着楼梯走下去会看到一艘小船,你们就顺着河流划船,离开城堡到安全的地方去。"

"你也一起走!"王后说。

"我要留下来用我最熟悉的方式保护你们,你赶紧带白雪出发吧!"国王说完就离开地牢了。

王后紧紧抱着浑身发抖的白雪,往国王所说的位置前进,顺利找到国王说的那一艘船。她登上船,将火炬挂在船头前。白雪紧抓着她不放,王后觉得自己无法一只手抱孩子同时另一只手划桨。但她非做不可!而且她办到了。

小船一下子就漂离城堡,顺着小河漂流到城堡外围的沼泽地。刺骨的寒风迎面吹来,王后将白雪抱得更紧。她把船划到沼泽里野草丛生最茂密的地方,接着两个人就这样坐在荒草里打着寒战彼此依偎,看着天空燃起橘红色的火光。每次爆炸声响起都吓得她们心惊肉跳。

"妈妈,爸爸会平安无事吧?"白雪声音颤抖地问。

"他总是平安无事,不是吗?"

但王后也不知道今晚还会再发生什么事。

不久后,爆炸声逐渐平息,城堡周围陷入死寂。王后将披肩盖在自己和孩子身上取暖。白雪累得渐渐睡着了,王后则彻夜未眠负责守夜。突然间,一只手落在她肩膀上。

是国王。

"亲爱的,跟我来。"他说道。于是他们穿过冰冷的沼泽地,踉跄回到城堡。

许多厅房变得残破不堪,但城堡本身没受到太大损害。国王告诉王后,他们已经击退入侵者。

"他们还会再回来吗?"王后问。

"不会。"国王信心十足地回答。

大厅另一端传来声音:"王后殿下!"

"维洛娜!"王后回应道,她和维洛娜奔向彼此互相拥抱。

"您没事真是太好了。"维洛娜说。

"你也是。"王后答道。

"我们没有任何伤亡,一个也没有。国王真是一位出色的战士。"

但国王垂着头凝视地面。

"走吧,我们回房间休息。"国王说,"维洛娜,麻烦你带白雪回房间并留在那里照顾她。"

"遵命,国王陛下。"维洛娜答道。

王后与国王回到他们的房间。焦木与硫黄味弥漫整座城堡,让王后透不过气来。好在回到房间以后,从地面吹来的风吹散许多刺鼻气味。

接着她看到那东西,当晚发生过的所有事都比不上现在眼前的东西恐怖。

她打碎的那面镜子竟然完整无缺地挂在壁炉架上,就像什么事都没发生过一样。怎么会有这种事?她无法转移视线,困惑与恐惧使她满头雾水、茫然不解。

"维洛娜写信告诉我镜子破掉的事了。我感到非常难过，所以派了王国里最好的工匠们修复镜子。当然，即使集结众人之力，也难比你父亲手艺的万一。但我还是想将它修复回婚礼当天的样子送给你，亲爱的。我猜你会想要有个能让你回想起父亲的东西在身边，而这面镜子就是他的杰作，就算我不说，想必你也早就认出来了吧！"

尽管王后全身上下充满恐惧，她还是竭力发出愉悦的声音。

"亲爱的，你实在太贴心了，谢谢你。"她吻了吻心爱的丈夫，试图消除内心所有恐惧。"我好高兴你终于回来了。"她说。

但国王低下头来一言不发。

"你又要离开了，是吗？"

他点头。

"不行！你才刚回来而已！"

"你也看到今晚发生的事了！要是我们不主动反击，敌军随时都有可能击垮我们。与其给他们在这里伤害你们的机会，我宁可在远方与他们交战。我必须确保你和白雪，以及这里所有人都是安全的。"

"你可以留在这里保护我们！"王后喊道。

"我的手下会留在这里保护你们。"国王回答。

"你离开太久了,我都怕自己就快发疯了!"

这句话让他感到非常心疼。

"不,亲爱的,你只是太疲倦了。"

王后很想告诉丈夫她在那面镜子里见过的怪事,但如此一来,他可能会觉得她真的疯了,更糟的情况是他甚至会怀疑她被恶魔附身了。尽管如此,如果她要说服国王留在城堡里,说出事实似乎是目前唯一的选择了。

"亲爱的,老实说不久前我在你送的镜子里,看到一张陌生男子的脸,他还开口跟我说话!"

"哦,亲爱的。"国王说道,似乎担心她是否神志不清了。

"不要用那种眼神看我!要不是因为你长期在外,我也不会受这些幻觉折磨。"她已经因恐慌而全身无力。

"亲爱的,你并没有发疯,不过是筋疲力尽罢了。你是我见过最坚强的女人,但你也是有极限的。我希望你明天好好休息,早上我来照顾白雪,夜晚我们俩再好好聊聊。"

"抱歉,我不应该怪罪到你身上的,请忘了我说过的话吧,我保证我只要休息一下就没事了。"王后说道。

国王紧紧抱住王后,而她在国王怀里痛哭失声。她觉得在他怀里很安慰,并想象受父母保护的小孩,肯定就是这种感觉吧?最后,王后像小女孩一样,在国王的怀里哭着哭着就睡着了。

第 5 章 光影幻觉

国王再次出征后,王后在城堡里感到比以往更强烈的孤独。她的噩梦只能独自承受。仅仅是向国王提及她见到的幻觉就已经难以启齿了,要是在不能信任的人面前提起此事,他们肯定会指控她是女巫,并将她绑起来活活烧死。

一想到这些,那张在脑海里挥之不去的陌生男子面孔,就变得更恐怖了。她考虑过让人把镜子拆下来,但那样做只会招来更多怀疑。她很确定国王只把她的幻觉当作是因过度疲惫而虚惊一场。不过,包括维洛娜在内,现在城堡里所有人都知道那面镜子是国王精心挑选的礼物,她该如何跟别人解释为什么她排斥这件礼物?

最后她决定用厚重的丝绒布幔遮住镜子,希望这样能眼不见为净,不再受那面镜子的影响。当维洛娜问起为什么要将镜子遮起来时,王后解释说她希望镜子一直保持完好如新的样子,所以才放上防护用的布幔,维洛娜毫不起疑地接受了这个合情合理的谎言。

然而，镜子里的男人依旧阴魂不散地出现在王后梦中。那个男人会从镜子内侧挥舞双拳朝镜面猛打，被打碎的玻璃镜片四处飞射，王后举起手臂保护脸，但碎片仍割伤其他部位。她的血溅到地板上，和锯齿状的碎片混在一起。在这些惊魂夜里，有时候那个男人会从壁炉架上的镜子里爬出来，用怪异的姿势将身子扭曲地摔到地板上，血淋淋的手里紧握着镜子碎片追着王后跑，将她逼到悬崖峭壁上。

她每晚都从梦中惊醒，全身冒着冷汗，心脏剧烈跳动，醒来时经常伴随着尖叫声。有些夜里她在痛楚中惊醒，梦中她沿着楼梯向下奔跑，镜子碎片散满阶梯，她踩得满脚是血，即使吓醒后仍坚信自己的双脚还在流血。梦里的那些镜子碎片，每一片都倒映出王后可怕的模样。镜子里的她不是原本漂亮的自己，而是一脸憔悴、长满赘疣的老女人。

她开始怀疑恶魔是否侵蚀了她的灵魂。她对镜子的事情感到焦虑不安，而且丈夫不在身边更令人难受。她变得害怕走出卧房。维洛娜每天早上都会拿一盆新鲜的玫瑰水过来，希望能说服王后至少脱掉睡袍。

"我向您保证,只要您穿上日常礼服,感觉就会好很多。一直待在室内对身体不好,而且您已经好几周没有正经吃过早餐,整个人都消瘦了。我希望您能告诉我,您究竟因为什么而烦恼?"

维洛娜说的话像针一样刺进王后心里,她两眼无神看着这位女仆。

"我不能说,维洛娜。我要是说了你一定会觉得我疯了。"

"这倒未必。"

王后迫切想找人一起分担她所见到的种种幻觉。而除了国王以外,整个王国里她最信任的人就属维洛娜了。她已经无法再独自忍受下去,非得找个人诉说关于镜中幻觉的事情才行。反正维洛娜要是辜负她的信任跑去跟其他人说,那她只要矢口否认就好了。毕竟,大家会选择相信谁呢……是王后,还是一介女仆?

"上次国王离开时,我在那面镜子里看见一张陌生男子的脸。他还开口跟我说话。"

"他说了什么?"

维洛娜冷静的反应让王后非常惊讶,甚至于一时间想不起来那个男人说了什么。

"您后来还看到过他吗?"维洛娜又问。

王后摇摇头。

维洛娜走到镜子前拉开布幔。王后吓得睁大双眼,但维洛娜用鼓励的眼神看了王后一眼,接着她把镜子露出来。镜子里除了房间的倒影之外,什么也没有。

"您瞧,没什么好担心的,王后殿下。您看到的可能是光影或疲劳所造成的幻影,有太多可能的解释了。"

维洛娜说的话让王后反而不知道该感到放心,还是该感到更加慌张。现在不只国王,就连维洛娜也将她看到的幻象当作是她自己在吓自己。这岂不是等于说她真的疯了吗?

"王后殿下,您是我见过最有胆识的女人。"维洛娜说道,"所以呢,现在请您赶紧下床,带着您女儿去外头晒晒太阳。父亲不在身边让小女孩感到很害怕,您要多为她着想。"

没有错,维洛娜说得对。白雪需要有人关心。

"维洛娜,我想我们没必要告诉白雪这件事。"

"当然,王后殿下。我也不会跟其他人提及。但请答应我,要是您以后又有什么沉重的心事,务必找我谈谈。我希望您能将我视为朋友。"

"我视你为姐妹,亲爱的维洛娜。"

王后从床上爬起来,她在那面不祥的镜子里瞥见自己疲惫不堪的模样。镜子里也看得见维洛娜,她一如往常,既美丽又从容不迫。

第 6 章 古怪三姐妹

就在同一天早上，信使送来一封通知信，信里说国王的三个远亲将于隔日抵达。向来沉着稳重的王后对这个不请自来的临时通知感到恼火，反正人都快到了，何必大费周章派信使来通知？虽然心里这么想，但国王是非常重视家族的人，他曾明确表示过，这座宫廷随时欢迎他的亲属来访。那封内容不连贯却热情洋溢的通知信，由三个人共笔写成，信末附上她们各自的签名：露辛达、鲁比和玛莎。

没错，她们的确出席了自己的婚礼，但她们咄咄逼人的眼神让王后很不舒服，因此她当时尽量躲开这三姐妹的目光并避免交谈，不过这次可躲不掉了。她只能祈祷这三姐妹或许跟这封耐人寻味的通知信一样有趣。

隔天早上，外表看不出差异的三胞胎姐妹从一辆黑色马车上走下来。她们呆板的脸上涂着惨白的粉，脸颊抹了鲜艳的粉红色，嘴唇只在中间涂了一道口红，像一把迷你弓箭。她们给人的感觉像失宠的破玩偶，乌黑的秀发中夹杂着几条刻意染白的头发，发饰是几根红色羽毛。她们走路的姿势让人联想到在地上啄食的鸟儿，总之犹如最奇怪的野兽。

三姐妹的衣服是带有彩虹的茄紫色，随着阳光照耀角度不同，时而乌黑、时而深紫。她们上半身用束带束得很紧，下半身的裙子却蓬松宽大，呈现上窄下宽的钟形模样，小小的黑色尖头靴，仿佛狩猎中的动物从裙底下钻出头来。她们手勾手、肩并肩站成一排看着王后。王后还记得在婚礼上初次见面时，她们就是这样盯着她看的。

只看表情，完全看不出她们的心情究竟是好还是坏。

"欢迎你们到来。这趟旅途如何？长途跋涉肯定很累吧？"

玛莎第一个开口回答："我们一点……"

鲁比接着说下一句话："也不会累……"

露辛达说最后一句话："但谢谢关心。"

维洛娜说道："那么，由我来带领各位到房间，我再派人来帮你们整理行李，好吗？长途旅行后，我想你们现在应该很想休息。"

"确实如此。"这次只有露辛达回答。

古怪的三姐妹跟着维洛娜,她们走起路来摇摇晃晃,靴子在石砖地板上咔哒咔哒响,同时交头接耳窃窃私语。

"真是意想不到。"其中一人说道。"真的,难以捉摸。"另一个人接着说。"简直不可置信!"第三个声音响起。

维洛娜只能听见只言片语,不知道她们究竟在讨论什么。她只能想象她们现在的表情可能就像是闻到什么臭东西正在掐鼻皱眉吧,她好不容易才抑制住自己回头偷看她们表情的冲动。维洛娜有气无力地笑了笑,一想到这几位奇特的女士将在城堡里住上一阵子,她实在感到哭笑不得。

"我们到了,露辛达,这是您的房间。至于鲁比和玛莎,您二位各自的房间在另一个大厅。"维洛娜说道。

露辛达只说了一句:"无法……"

鲁比接话:"接受。"

玛莎最后收尾:"不行,行不通。"

"您说什么?"维洛娜脑中一片空白,只说得出这句话。

三姐妹冷冷地盯着维洛娜看。

"请问这房间哪里不对劲吗,露辛达?"维洛娜再次问道。

三姐妹异口同声回答:"我们想睡同一间房间。"

"我明白了,当然没问题。我现在就来为您准备更大的房间。在我准备的同时,您要不要到客厅里喝点茶呢?"

露辛达说:"那可就……"

鲁比作结语:"太好了。"

维洛娜带领她们到客厅以后,最后是玛莎跟她道谢。客厅光线明亮,茶桌摆在中间,而白雪已经坐在茶桌旁耐心等待表姑们到来了。

维洛娜向另一名女仆示意重新安排座位,好让三姐妹可以一起坐在白雪对面。三姐妹就座时对维洛娜点头表示赞赏。这场茶会有些毛骨悚然,就像是一名漂亮的小天使在主持茶会,来宾则是三个穿丧服的大娃娃。

"白雪,如果你可以帮忙倒茶的话,我就先去找找看哪个房间适合给你的表姑们。"维洛娜说。

白雪笑着点点头,她喜欢扮演茶会女主人这个主意。

"各位女士,先失陪了。"维洛娜说完微微行了礼,然后悄悄离开。

维洛娜一离开客厅,三姐妹就把她们的双手放到桌上,紧握彼此的手,用期待的眼神等着看白雪开始倒茶。

白雪一一为表姑们倒好茶,很开心自己没有洒出一滴茶水。

"要加牛奶和糖吗?"白雪问。

"要,请帮我们加吧!"三姐妹齐声回应。

"告诉我,白雪……"

"你喜欢……"

"你的新母亲吗?"她们问道。

"我很喜欢。"白雪回答。

"她没有……"

"虐待过你吗?"

"她不会把你锁起来……"

"以防你的美丽胜过她吗?"

白雪感到困惑:"没有。为什么她要那样做?"

三姐妹彼此对看,接着露出笑脸。

"对呀,为什么呢?"她们同时回答,接着开始咯咯发笑,"看来她不是……"

"仙女的童话故事中那种后母啰?"

"真有爱。"

"不过我觉得……"

"实在是有一点无聊。"

"我们想看到的是……"

"一些兴奋刺激,一点阴谋诡计。"

"那么干脆就由我们来做吧!"她们一起喊道,"没错,由我们来做。"三姐妹止不住咯咯大笑，既刺耳又邪恶。

不知所措的白雪也紧张地干笑着。结果三姐妹立即停止笑声，冰冷的目光回到白雪身上。她们一动不动，看起来就像饱受风吹雨打的雕像，脸上细微的皱纹宛若石像的裂纹。白雪不禁感到害怕。

"我会把她藏在没人找得到的地方。"鲁比说。

"我也是。"露辛达说。

"我不会。我会把她熬成药水。"

"啊，没有错！这样我们就能喝了她……"

"确实，喝下她，我们就能更加年轻貌美。"

白雪满怀恐惧紧紧握住椅子把手，吓得眼睛睁大，嘴唇开始颤抖。她站起来慢慢倒退，想远离三姐妹。正好维洛娜在这时回到客厅，让白雪松了一口气。

"女士们，房间已经准备好了。现在就可以为各位带路，除非您还想继续享用茶点。"

三姐妹同时起身向白雪鞠躬，随着维洛娜走向已经摆好她们行李的房间。

她们看了看房间内部。

"还不错。"

"嗯，这间可以。"

"行李我们自己整理就可以。你可以退下了。"

当白雪双手遮脸跑过门房外时,她们又咯咯笑起来。维洛娜瞥见白雪,便顺势退出房间追上小女孩,不过在走出去之前,她听到三姐妹的一些碎碎念。

露辛达说:"你们觉不觉得我们应该要带白雪……"

"去森林里?当然要!"三姐妹看了看彼此,再次放声狞笑。

白雪试着向母亲和维洛娜说明下午茶发生的事情,不过由于她过度恐慌,说得有些语无伦次。

"哦,我想她们只是在逗你玩,她们确实挺古怪的。"王后说。

"我觉得这种玩笑话很恶劣,王后殿下。"维洛娜一脸惶恐说道,"白雪,她们真的说了这种话吗?"

白雪皱眉猛点头。

"我不认为她们是认真的。不可能。但白雪今晚还是和你一起吃晚餐好了,由我来跟这几位有趣的女士共进晚餐,先了解一下她们的性格再说。"

接着王后看着白雪:"亲爱的,我会好好跟她们沟通,叫她们以后不可以这么坏心欺负你。我不会让这种事再次发生,你就别担心了,小宝贝。"

白雪看起来松了一口气。

维洛娜请求向王后借一步说话。

"王后殿下，虽然白雪也许只是自己吓自己，但我在离开三姐妹的房间时听到她们在谈，要带白雪去森林里之类的。现在听了白雪的说法，我觉得我们要多提防一下，老实说，我不太信任她们。"

王后深深叹一口气。

"谢谢你，维洛娜。我很感谢你对我女儿的忠诚与关爱。"

当天晚上，王后在小饭厅里为自己和三姐妹安排一顿丰盛的晚餐，而白雪则与维洛娜在其他地方吃晚餐。三姐妹的食量很小，吃东西的动作很像小鸟在啄食。整顿晚餐下来，她们几乎没说上话，直到鲁比首先开口打破沉默："我担心白雪被我们的玩笑话给吓到了。"

玛莎接口说："有时候我们的玩笑话会太过头。"

再来是露辛达："哦，是的，但其实我们并没有恶意。"

接着她们异口同声说道："我们很疼惜可爱的小白雪。"

露辛达继续说："你也知道，我们大多数时候没有人做伴，就我们三个人相依为命，而彼此之间的消遣娱乐就是不断编故事。"

鲁比接话:"哦,没错,但这次是我们做得太过头了。"

最后是玛莎说:"我们十分抱歉。"

王后笑了笑说:"我想也是,很高兴听见你们这样说。虽然你们是王室的家族成员,但原本我已经准备狠下心来斥责你们,现在看来是没必要了。不过我还是得提醒,以后别再向我女儿提起那些荒诞可怕的故事。

"换个话题吧。你们待在城堡的这段时间,打算做些什么事当消遣吗?"

三姐妹异口同声答道:"和白雪一起野餐。"

王后笑着说:"我想你们的意思是在雪地里野餐吧?可是都已经要入冬了!"

"没错,但现在是森林的回光返照之际……"

"它会在枯萎以前展现最灿烂的色彩……"

"因此,现在才是拜访森林的最佳时机!"

"再说,要是外头太冷的话……"

"苹果花园总是欢迎稀客来访。"

野餐……维洛娜无意间听到三姐妹说的事情,指的就是这件事吧?

"听起来确实很美妙。"王后说,"而且行程也容易安排,我想白雪会喜欢郊游的。多棒的一日游!我们应该把这件事办得隆重一点,大家都换上适合的服装,好让白雪觉得自己是位小淑女。"

露辛达看起来似乎有点失望,但王后还来不及开口问她怎么回事,一名仆人举着小托盘进来饭厅转移了王后的注意力,托盘上有封信件。

"请稍等我一下。"王后一边说一边拆开封蜡。读完信以后,她双眼睁大,容光焕发,开心地喊道:"哇!是喜讯,是多么叫人开心的喜讯!"

她转向三姐妹。"国王两个星期后就要回来了!"

三姐妹笑着说:"正好赶上冬至节。"

王后有点意外地问:"赶上什么?"

"我们以为你在这个新家会维持老家的传统。"露辛达说。

鲁比接着说:"以前你们家每逢冬至节就会布置出相当壮观的景色,我们听了不少这样的美丽传闻。"

王后大吃一惊,没想到三姐妹竟然听说过她的家族传闻。但她现在没空去在意这些小事,毕竟国王要回来了!

"我倒没想过要用哪种方式来庆祝冬至节。"她说,"不过,既然国王刚好在那一天回来,我想确实应该要庆祝一下冬至节。我喜欢这个主意。回家时若是看到那样的场景肯定会觉得很美,再加上见到来访的亲戚一定是喜上加喜……说吧,说你们会留下来参加这场庆祝活动!"

古怪三姐妹露出古怪的大笑脸,异口同声回答王后:

"我们当然会留下来。"

第 7 章
镜子与光线

整座城堡熙熙攘攘，为了准备冬至节忙进忙出。仆人们忙着把一切都准备到完美以便迎接国王归来，而王后一一监督每个细节。

"我想我们应该做国王最爱吃的美食，当然，也要为女士们准备点清淡可口的东西，我想就雉鸡吧，佐菌菇酱汁的那种。你不觉得这样的组合很好吗？太棒了。对了，还要有迷迭香烤甜薯泥。另外，如果这次你的梨子可以搭配香橙白兰地甜酱一起熬的话，国王吃完一定会亲自来厨房赞美你。"

厨师面带微笑，听王后继续滔滔不绝说着。

"要是还有时间，麻烦再烤个六层蛋糕，巧克力、榛果和奶油奶酪三种口味，层层分明；是有点油腻，不过我们最后可以上点大茴香帮助大家消化……"

维洛娜走进厨房，外表有些凌乱，几缕头发从头上垂下来，脸上还沾着像煤灰的东西。

"很抱歉这时候打扰您，王后殿下，但我想和您讨论一下装饰品的部分。不知道您是否有什么打算呢？"

原本埋头和厨师一起研究菜单的王后抬起头来，对维洛娜露出笑容。

"我确实有。我的私人房间里有许多箱子，里面装满了我父亲在我出生前为母亲做的装饰品。"

维洛娜看起来如释重负。

"太好了，王后殿下。您要我去把它们拿出来吗？"

王后想了一下，接着说："要是你和其他几位最能干的女仆能够帮忙就太好了，维洛娜，因为那些镜子在挂起来之前需要先洗过一遍；但如果你不介意的话，我想要亲自整理那些东西。"

"我完全理解，王后殿下。"

然后王后看向厨师说："那我就先失陪了。我把我写好的菜单留在这里，如果有任何问题，我们可以晚点再聊。"

"好的，王后殿下。"他答道。

接着王后跟维洛娜前往王后的私人房间，整座城堡只有王后和维洛娜拥有这个房间的钥匙。当王后从衣服下摆的腰带取下钥匙时，突然感到有些紧张。她将钥匙慢慢插入门锁转动，轻轻把门推开。

恐惧不安。

房间里放满她父母的遗物：父亲制作的最后几面镜子、母亲的肖像画，还有细心打包起来装在木箱里的装饰品，或许是母亲在生下她的前一年亲手打包的。这些东西都是国王和王后结婚后，国王下令叫人搬来的。

王后从没来过这个房间，因为没有什么非来不可的理由。说实话，其实她一直刻意避免来这边。这个房间充满她往日生活的零星碎片。而现在，王后觉得自己就像是走进一间冰冷黑暗的地墓。她注意到维洛娜也在打寒战。

王后打开木箱，记忆的洪流一下子涌上来，箱子里传出父亲房子的味道。说来也奇怪，气味竟能唤起如此生动的回忆，简直就像把人送回到过去……她闻到镜子店铺的气味，那是老家的霉气味。

她拆开小镜子的包装，将那些回忆从脑海里驱逐。她注意到镜子里回望自己的那张面孔真的很像她母亲。

维洛娜发现王后不太自在，于是决定开口闲聊。

"您长得跟您母亲真像，我刚刚还差点以为那幅肖像画里的是您。"

"几年前国王初次到我父亲店铺时也说过类似的话,当时我自己还不这么觉得,不过现在我也看出来了。我刚才也差点以为镜子里的是我母亲。"

维洛娜露出微笑。她在心里想着,白雪能有王后这样的后母真幸运。冬至庆典肯定能让这小女孩玩得开心,不过要是令人讨厌的三姐妹能在冬至前离开就更好了。维洛娜只要在三姐妹面前就感到浑身不自在,她不明白王后怎么会没有同感。王后到底为什么要邀请她们留下来一起过冬至节呢?维洛娜很怕她们裙子摩擦时发出的沙沙声响,以及每天早上从她们厅房传来的叽叽喳喳的声音。她们那股烦人的刺耳笑声,没头没脑的窃窃私语和傻笑,以及老是用接龙的方式把彼此没说完的话或想法说出来等习惯,都让维洛娜受不了。

她甚至想跪下来祈祷三姐妹赶紧闯个什么祸,好让王后有正当理由把她们赶出城堡。只要是有三姐妹在的地方,大家就会情不自禁地将注意力放到她们身上;她们就是有这样……病态的吸引力。维洛娜常常发现自己会不小心看她们看得太入迷,心中充满好奇与反感。每当三姐妹突然回头时,她总是祈求自己的表情没有露出破绽,没让她们发现自己敬畏的眼神里还带着厌恶。

白雪走进房间，打断了维洛娜的思绪。

"露辛达说我们要在树上挂蜡烛和镜子，就跟外婆以前在冬至前夕会做的一样。这是真的吗，妈妈？"

"是真的，小宝贝。"王后说道，"如果你想要帮忙的话也没问题。"

白雪笑着回答："我想要帮忙，妈妈！我去跟露辛达她们说一下，说我没办法跟她们一起喝茶，然后马上回来。"

王后注意到维洛娜在目送小女孩离开时神情有些不安。

"怎么了，维洛娜？"

维洛娜摆出滑稽的表情，嘴巴歪斜至一边，像是在思考该怎么说才恰当。

"有话请直说吧，别为了考虑我的感受而有口难言。"

"好吧，王后殿下，老实说我觉得三姐妹她们很……很'奇特'。"

王后点头表示同意。

"我讨厌说别人坏话，但说真的，那几个女人到底有什么毛病？她们一副精神错乱的模样。"

王后忍不住笑着说："我想她们可能是在与世隔绝的环境下长大的，所以才这么古怪。"

维洛娜也笑出声来:"肯定是与世隔绝!搞不好是在阴湿的地窖里长大的。"

王后听了哈哈大笑。

维洛娜继续说道:"她们看起来就像从未见过天日一样。"

王后从没听过维洛娜说任何人坏话,而现在见到她竟然对自己露出如此坦率的一面,使她更加喜欢维洛娜了。

"她们到底为什么要把脸涂得那么白?根本就惨不忍睹。她们把自己搞得像发了疯的炼金术士生出来的鬼娃娃一样!"

王后再次哈哈大笑:"别再说了,维洛娜。白雪随时都会出现,你不希望她听到你说的话吧。"

她们就像两个小姑娘一样不停傻笑,王后拆开冬至节饰品的包装;从拱窗洒进来的阳光照在镜子上,接着又反射到她们的笑颜上。

两个星期转瞬即逝,一下子就到了冬至前夕。地面上积满雪,城堡则散发烛光。王后一行人站在庭院里,她想象当国王凯旋,看到这幅景象时会觉得多美丽。这座城堡现在看起来肯定就像是从童话故事里变出来的……宛如漂浮在暗黑大海上绽放微光的梦幻岛。每棵树的树枝上挂着无数片小镜子，镜子将烛光四处反射，绚烂的光彩投射到各个角落，使城堡看起来超脱尘俗。

白雪看得十分入迷。自从奇怪的三姐妹抵达宫廷以来，这还是小女孩第一次露出如此放松的模样。王后不知道国王的三个表亲跑哪去了。她们足足等了两个星期才等到今晚，现在却不见踪影。

"白雪，你知道露辛达她们在哪里吗？"王后问道。

白雪摆出厌倦表情对母亲说："对不起，妈妈，但我不想搞砸这场派对。"

"我想你最好还是告诉我，小宝贝。"王后第一次用如此严厉的语气对白雪说。

"我也不清楚她们在哪里。妈妈，今天我们散步的时候，她们又开始变得奇怪，说一些吓人的话……她们追着我跑，对我大叫说你跟我以前的妈妈的坏话……然后她们提到什么施了……魔法的水果……能让小女孩一觉不醒的苹果……让人枯萎死掉的梨子……最后她们说要把我切成一小块一小块，把我拿去炖……？！"

白雪的嘴唇颤抖，接着号啕大哭，扑倒在继母的怀里啜泣。

"所以我就一直跑，跑到我听不见她们的话为止，但我还是不敢停下来,然后等我回头时,她们已经不见了。我没有跟你说这件事,因为我怕说了会破坏你今天的好心情。"

王后紧紧抱住白雪并轻轻摇晃安抚她。

"别担心,亲爱的。我会派人去找出她们,叫她们收拾行李离开城堡。我想我们应该等庆祝完再跟爸爸说这件事比较好,你说对不对?"王后向维洛娜挥手示意要她过来。

"维洛娜,派人在城堡里搜寻一下三姐妹在哪儿,要是找不到人的话,就派亨茨曼和他的手下去森林里找寻她们的踪迹,一找到人就马上把她们带到我面前。不过为了以防她们突然出现在这里,至少要派一名守卫在这里站岗。"

"遵命,王后殿下。"维洛娜说完便匆匆走进城堡。

王后将注意力转回到白雪身上。

"真抱歉,我不该让你和那些恶毒的女人独处的。你能够原谅我吗?"

"哦,妈妈,三姐妹她们很坏,但这又不是你的错。"

"我们明天再来讨论这件事,小宝贝,现在我们就先别把她们放在心上了。你瞧!我已经看到骑兵队伍出现在前方了。我希望你父亲回到家时是开开心心的,宝贝。不过在我们明天开始讨论这件事以前,我最后只想说一件事……白雪,向我保证,要是再次发生类似的事情,你马上就要跟我说,好吗?你明白我的意思吗?我希望你不管发生什么事都会跟我说,尤其是有人想要伤害你的话。我会在你身边保护你,小甜心;不论发生什么事,你一定要相信你随时都可以来找我。"

"好的,妈妈,我保证我有事一定会找你。"

王后亲了亲女儿的脸颊。三姐妹破坏这个大喜之日让她心里不太舒服,但不知为何她就是无法比原先想象的更愤怒。或许是庆祝活动的喜悦冲淡了怒火也不一定。王后的父亲在妻子去世之后就再也没有庆祝过冬至节了。如果能像小女孩一样体验冬至节气氛该有多好。老实说,她有些嫉妒白雪。

"你看,城堡很漂亮吧!你父亲看到一定会很开心。"王后试着将白雪的注意力从邪恶的表亲们身上转移开来。

白雪抬头看城堡。魅影般的光束在一扇扇窗户间飘动。白雪惊叹得倒抽一口气。

"城堡是怎么变出那个的,妈妈?"小女孩问道。

"靠一种很特殊的镜子。"王后回答,"是我父亲用斜面玻璃制成的圆柱体玻璃镜,只要把蜡烛放进那个圆筒镜,就能在墙上投射出不同形状的光影。"

"我可以去舞厅看看圆筒镜吗?"白雪兴奋地问。

"当然,小宝贝,在我们去大厅吃晚餐以前,你可以偷偷溜进去看一下,但记得动作要快。"

"好,我保证一下子就好。喔!可是妈妈,你看!爸爸到家了!"

国王抵达时,王后和白雪脸上都露出开心的笑容。国王下马将她们抱入怀里,双眼涌出泪水。他先给妻子一个吻,再将白雪高高举起,在她丰满的两颊上各亲一下。

"我好想念你们!"他说。国王看起来似乎又改变了一些。每次他从战场上回来,他就减少几分过去的模样,但同时也增加几分新的自我。这段经历似乎狠狠折磨过他的心灵,同时也丰富了他对世上种种邪恶的理解。

这一家人手拉手一起走进城堡大厅,大厅隔壁正好就是舞厅。白雪想起来刚刚母亲才答应说她可以偷瞄一下圆筒镜,于是她便将手从父亲手中抽出,溜进看起来不同凡响的舞厅里。她走到舞厅中央,接着走向摆放圆筒镜的石桌旁。白雪在宫中最喜欢的其中一位侍女缇莉,正站在不断旋转的圆筒镜旁边,每当圆筒镜转速慢下来,她就负责转动圆筒。

"很漂亮，对不对？"缇莉说。

"对呀！"白雪答道。太阳、月亮和星星的光影划过舞厅墙壁的画面迷住了白雪，她想象舞会开始后，所有穿礼服的女士随音乐打转的场景有多迷人。

舞厅大门突然被人撞开，国王脚步沉重地走进来。他看起来十分愤怒。白雪从未见过父亲发脾气的样子……直到现在。

"白雪！你这是什么意思？"他吼道。

"妈妈说宴会开始前我可以进来舞厅看看……"白雪说着，用楚楚可怜的双眼恳求父亲谅解。

但他的怒火丝毫没有消退。

"我实在没想到你会做出这样残忍的行为，白雪！"

白雪的视线越过舞厅拱门外，她看到了露辛达、玛莎和鲁比。她们的礼服沾满泥巴，破烂不堪；头发乱成一团，里面还插着几根树枝和叶子；她们脸上的妆被刮花，原本涂得一片白的脸颊现在这边一块红、那边一块肿，甚至有几处还见得到血肉。玛莎一只黑色亮皮靴不见了，那只脚露出一条绿银相间的条纹长袜，大脚趾的地方还破了个洞，她努力用另一只脚遮住这一只脚。

"我真不敢相信你竟然会做这种事!"国王说道。

玛莎开口说话时泣不成声:"她真是个令人害怕的坏女孩……"

"诱拐我们掉进洞里!"露辛达接口,"我知道她一直在计划着……"

"因为她讨厌我们!"鲁比一边试着将断枝从长卷发中抽出来,一边说出最后一句话。

三姐妹齐声说道:"看看这孩子对我们干了什么好事!一定要好好教训她!"

国王先看了看自己的女儿,再看了看自己的表亲。"她确实该受罚!"他伸手抓住女儿手臂,"你现在回房间里,直到我说你可以出来以前,你不准踏出房门一步,听清楚了没有?"

白雪一脸惶恐。她试着提出抗议,但国王不准她开口说话:"别跟我顶嘴,白雪!我不允许我的女儿做出如此卑劣行径,你可是一名公主……"

就在这时,怒气冲冲的王后冲进舞厅,几乎要扑向丈夫的模样。

"你到底在干什么?"她厉声喊道,"把你的手从她身上拿开!给我拿开!"

国王似乎被吓到了:"你说什么?"

"也许战场上的炮火声让你听力变差了。我叫你放开她。然后给我好好解释一下,你为什么用这么粗鲁的方式对待你的……我们的……女儿!"

接着王后注意到三姐妹也在场。她怒目横眉瞪向她们,原本趾高气扬的三姐妹退缩了,企图趁王后还没将怒火转向她们之前溜走。

"至于你们几位女士,"王后喝令,"你们现在就给我离开!我会叫人打包你们的行李,等你们一找到落脚处,我就派另一辆马车送过去。我再也不想看到你们出现在这座城堡里了!"

露辛达的声音一如既往刺耳:"这太蛮横不讲理了!我们可是国王的表亲,而我们可不会……"

王后不等她说完话,也不让另外两个或许会接话的人有机会说话。

"士兵们,把这几个女人直接带到外面的马车上。你们负责护送她们回去,不准出半点差池。如果她们又想要什么花招,我希望你们当场制止。

"现在,女士们,我建议你们在我丈夫听见你们的所作所为之前离开这里。一旦他知道你们做过的事,不管你们是从哪来的亲戚，他对你们的慈悲心都不会比我今晚施舍给你们的多。现在就在我眼前消失，免得我待会决定还是把你们丢进地牢里一直关到腐烂。"

国王在妻子身上看到过去从未见过的东西，他既恭敬又畏惧。当士兵将三姐妹扣上镣铐时，鲁比咕哝道："真的有必要……"

露辛达接着说："给我们戴上镣铐吗？或许有其他出口可以离开……"

玛莎作结尾："这个房间？我们真的不想在大厅里游街示众。"

王后对三姐妹露出幸灾乐祸的笑容："确实有另一道出口……"三姐妹听到后松了一口气，但王后继续说："不过，我更想让大家看看你们究竟有多么卑鄙无耻。"

三姐妹一脸挫败，她们垂下头任凭士兵押走。三姐妹被押送出去，迎面而来的是其他宾客责备的目光。在场其他女士见到她们被押送出大厅，纷纷举起手遮住自己的脸，躲在手套后面窃窃私语。鲁比惭愧无地，差点晕倒下去；露辛达则坚决地抬起下巴，像是在说即使整座王国的不屑目光都集中在她身上，也无法玷污她。古怪三姐妹被送出去以后，王后对国王说话的态度与方式仍然没有改变,这让国王感到困惑。

"亲一下你女儿,告诉她,你有多爱她。"王后下令道。

国王猛眨眼。他是国王,他的话就是法律;然而他妻子严厉的声音里似乎藏有什么力量,总之她说的话就是有办法逼他服从。

"亲爱的,我现在没时间跟你解释这一切。你必须相信我做的事情是对的,我们晚点再谈这件事。"

"是的,亲爱的。"国王答道,差点向自己的妻子低头屈膝。

"现在告诉你女儿,你很抱歉刚刚那么粗鲁对待她,然后我们就可以去大厅问候客人了。"

国王再次服从命令,王后转身甩了一下披肩,走出舞厅回到骚动不安的客人之间,庆祝这场宴会。

第 8 章
镜子里的男人

当所有宾客散场离去,国王与王后终于可以回房休息时已经快天亮了。整晚没出现过好脸色的王后再次对丈夫发怒。

"真不晓得那几个女巫到底跟你说了什么,竟然能让你那么残酷地对待白雪。"

国王低垂着头。

"我跟白雪谈过了,也向她保证过我对她的爱始终不变。我已经跟她说了我真的很抱歉,她也原谅我了,为什么你还不肯放过我?"他说道。

王后听完后眼里满是泪水。

国王恳求道:"亲爱的,请告诉我,究竟是怎么回事?"

王后直视国王的双眼:"我从没想过你竟然会对我们的女儿动粗。"

国王简直无地自容。

"我发誓我没有伤害到她,亲爱的。"

"你伤了她的心啊!"王后彻底崩溃了,"我知道那种表情,那张出现在她小脸蛋上心痛的表情。那种表情……那一张脸……是我小时候在我父亲的镜子里不断看到的表情。哦,他多么残酷,简直禽兽不如。只要一想到我母亲,我那心爱的、美丽的母亲竟然嫁给他那种人,镜子里的我就一脸心痛。他恨我。没错,就像他常常对我说的:'你这丑陋、没用又无知的蠢丫头。'他总是这么说。这些话伤人的程度比他在我身上拳打脚踢留下的伤痕还要深,因为至少身体的伤会愈合,但受到话语伤害的心则无法痊愈。"

王后瘫坐到地板上,双手掩面。

她抬头看国王,国王怜悯地看着她。

"请原谅我,亲爱的。"国王说道,"你稍早提到战场的事。你说得没错,战场确实会改变人。在战场上,你会觉得自己不只是个平凡人……但同时也越变越不成人样。今晚是我失控了。"

王后看得出他说的是真心话。她从他眼里可以看出这是实话,这些事实也显露在他面孔的伤疤上,在他蓬乱的头发中。

"我去看看白雪睡得怎样。"国王说道,显然还在消化刚刚才知道的王后童年生活处境。

"去吧,亲爱的,替我给她晚安吻。我要换睡衣了。"

国王吻了王后一下,将她扶起来坐到巨大的四柱床边缘。他再次亲吻她,接着才起身去看已经熟睡的女儿,无疑是希望能稍稍减轻点愧疚感。

王后精疲力竭,倒头躺在羽绒床垫上,没有多余力气换上睡衣。她深深叹了一口气揉着自己的太阳穴。

"晚上好,王后殿下。"

她迅速起床坐直,以为是哪个士兵带来三姐妹的消息。但并没有任何人进入房间的迹象,至少看起来没有。

"在这里,王后殿下。"

她的目光转向房间另一端,听起来声音是从那个方向发出来的。

"是谁?有人在那里吗?"

"是的,王后殿下。"

"那就现身并说明你的来意吧。"

她往壁炉的方向走去。

"在您上方,王后殿下。您无须恐惧。"

王后抬头往上看,接着环视房间一圈,甚至看了看燃着柴火的炉膛,但就是看不到任何人。

"我是您的奴隶。"那声音说道。

"奴隶?本王国可没有奴隶。"

"我的职责是将王国里发生的所有事情传达给您,任何您想知道的事情都行。我是千里眼,只要是您想知道的事,我都能展现在您面前。"

"你办得到这种事?"

"王国里每个人的内心和想法,我都能看得一清二楚,王后殿下。"

"那么告诉我,国王现在在哪里?"

"在他女儿身边。"

"你只是在他离开房间时听见他说要去那里的。你倒是说说看他现在在做什么?"

"他在哭泣。他对待小女孩的态度以及对你造成的伤害,正让他万般羞愧。"

王后感到一阵眩晕。

"这算什么蹩脚的把戏?你一定从头到尾都在这房间里,当然也听到了国王说过的每一句话。现在赶紧出来吧!"

"请千万别害怕,王后殿下,我是为了协助您而来的。

我不是您梦中所想的那种男人,我无法伤害您。"

"你知道我的梦?"

"是的,王后殿下。我还知道虽然您看遍了整个房间,却刻意漏掉一个地方不看,因为您知道我就在那里。"

王后的心脏似乎停止跳动,体内所有血液仿佛都奔上脑袋。她猛地转身扯下覆盖在父亲的镜子上的布幔。虽然她早有预感那里藏有什么东西,但没有预料到会在镜子里看到一张活生生、飘浮在半空中的面孔。她吓得目瞪口呆。那是一个面如死灰的幽灵……只有头而没有身体,像一副怪诞的面具。一条条神秘的烟柱在它空洞的双眼和嘴角下垂的嘴巴里打转,那张毫无生气的脸看起来孤寂万分。

"你是谁?"王后倒吸一口冷气问道。

"您不认得我了吗?时间有过了这么久吗,亲爱的?我们分离的岁月已经让您忘了我吗……魔女?"

他一说完,王后的面色瞬间刷白。

她认出镜子里的面孔了。她一下子全身无力,直接瘫倒在地上。

在她两眼发黑以前,镜子里的面孔最后说了声:"我的女儿……"

第 9 章 镜子工匠

国王听到碰撞声后，赶紧奔回他和王后的房间。他看见王后倒在冰冷的地板上，王后还有意识，但不断发抖。她浑身打寒战，紧抓着从镜子上扯下来的布幔不放。

她抬头往上看，但镜子里的人已经消失不见了。

国王试着扶起她，她却吓得往后退。

"到底发生什么事了？说话啊！"

"我……我很抱歉……亲爱的……我不是故意……要吓你的。"王后试着调整自己的呼吸，有气无力说道，"我只是……只是昏了一下。"

王后头晕目眩，无法解释刚才发生的事，只挤得出一句话："那面镜子……"

国王往壁炉架上看。

"你父亲制作的镜子。啊，原来如此，怪不得你对这面镜子如此反感。要是我早点知道你刚和我说过的事，我绝不会将这东西带进我们家。"

王后努力再次开口说话："砸了它，拜托。"她竭尽全力才讲出这句话。

国王二话不说把镜子从墙壁上拿下来，将它往壁炉架上用力砸。玻璃碎片四处散落在地板上，就像无月夜空中四散的星斗。

虽然还无法完全相信镜子确实被彻底摧毁了，至少王后现在松了一口气。她打起精神开始说话：

"在我遇见你之前，我一直很怕到我父亲的工坊找他。每当看到镜子里倒映出自己的脸，我就会想起自己有多丑……这个事实不需要别人提醒，我也知道。从小到大，我父亲每天都对我说我多么难看又不讨喜，因此我也是这样看待自己的。

"但我母亲很漂亮，这一点我从父亲的破屋子中挂的肖像画就看得出来。我生命里唯一美丽的就是那幅肖像画，我常常盯着那幅画像一看就是几个小时，疑惑自己为什么不像她那么美丽。我也不懂为什么父亲明明住得起更好的地方，却宁愿住在那栋破旧的烂屋子里。不管我怎么擦洗，都除不掉屋子里陈腐的霉味。我实在无法想象我母亲……那么美的人……住在那栋屋子里，所以我想象那栋屋子之所以如此破烂,是因为它也在哀悼我死去的母亲。我想象当她还在世时,那栋小屋或许很舒适宜人,鸟儿会飞到窗台上觅食,花儿会四处绽放。但在她去世后,屋里除了母亲的私人物品以外,其他东西一下子都腐朽了,而我父亲则把母亲的私人物品都装在箱子里。有时候我会去偷翻那些箱子,穿上她的衣服和珠宝来打扮自己。那些漂亮的衣服绣着细腻的珠饰和如星光般闪耀的珠宝。她似乎很喜欢精致漂亮的东西,因此我不禁思索,如果她还活着的话,会喜欢像我这么丑的人吗?

"我父亲究竟有多爱我母亲,相关的故事早已传遍各地。'镜子工匠与其美丽妻子',他们的故事就像交织着爱与悲愁的神话传说,流转于各个王国。我父亲制作形状与大小各异的美丽镜子,这些镜子博得许多国王与王后的喜爱,他们甚至愿意翻山越岭而来,只求购得其中一面绚丽迷人的宝镜。

"我母亲很喜欢冬至节,于是我父亲便为这一天打造出壮观的景色。他制作了许多太阳、月亮和星星形状的小镜子,将它们挂在院子里的每棵树上。树上还挂着蜡烛,那些镜子会将烛光反射成光彩耀眼的光束,如此一来从很远的地方就能看见他们的屋子……仿佛在无尽的寒夜里突然冒出灯火辉煌的魔法小镇。听说,每年冬天,他都会对自己创造出来的绚丽光芒发表评论,说这点光彩与他妻子的美丽相比根本不值一提:她乌黑亮丽的秀发、白皙无瑕的肌肤、猫眼般的眼角和宛若黑玛瑙深邃的双眼等,处处都更胜一筹。我好希望有人能像我父亲深爱我母亲一样爱着我;母亲的美激发父亲的创作灵感,他不断锻造出精致的宝镜,好让我母亲随时看得见她优雅的倒影。我曾以为自己永远无法体会到那种爱,也永远不可能感受到什么是美丽。接着,我就在父亲的镜子店铺遇见了你。

"当你信誓旦旦保证说会再回来,留下我独自一人不知所措时,父亲的反应让我的心陷入恐慌,他说:'看来他着了你的魔,女儿啊。但很快他就会看穿你不过是个卑鄙的丑巫婆。'我试着说服他,我不是女巫,我根本就不懂任何魔法。但他坚持说:'别以为他那种地位的男人会娶你为妻。你又老又丑,各方面都庸俗透了。'

"母亲为了生下我难产而死,我相信父亲因此对我不满。我长得像母亲对他来说简直是种嘲讽,无疑是在他伤口上撒盐。虽然父亲绝口不提母亲去世的那个晚上,但我多少听说过一些零星片段,于是便在脑海里将零碎的故事拼凑起来,像是在父亲的一面破镜中看着残缺的倒映。

"我想象母亲因剧痛而扭动身体。在我脑海里,她痛苦地紧抱自己圆鼓鼓的大肚子,尽管有产婆在旁照料,她仍止不住向丈夫哭喊求助。但我父亲无能为力,他面色惨白,恐慌地看着妻子在生下孩子后断气。因此当他看到夺走他此生最深爱的人性命的小生命时,眼里充满了嫌恶。父亲肯定是从我呱呱坠地那一刻起就开始憎恨我。每当他看着我的脸时,表情总是带着厌恶。

"有一次……大概是我五六岁的时候……我站在自家后院,阳光穿过树枝间隙照射下来。当时我手捧一束野花,刚好被父亲看见,他问我:'你拿着那些花想做什么,丑丫头?'他的脸因强忍住怒火而绷得很紧。我告诉他,我想给母亲献花,结果他一脸茫然,残酷地瞪着我说:'你甚至没见过她!你凭什么以为她会想要你给她献花?'我还记得当时我因为太难过、太震惊所以哭着回答:'但她是我心爱的妈妈。'

"他一语不发,摆出常见的表情看着我……那个表情的意思是,如果我再多说一句话,他就会动手打我。有时即使我不说话,他也会动粗。那一天,我站在原地一动不动地看着父亲,交出手中的野花,我的嘴唇颤抖不止,泪水几乎要夺眶而出,但心中有再多哭泣也不足以表达我的情绪。他从我手中抢走花束后转身离开，我希望他终究会把花放到母亲坟上，但我想他不可能那么做。

"我告诉自己，绝不能让父亲的心魔污染我的灵魂。我发誓要和你一起展开新的人生。我想忘了他，跟你和可爱的新女儿过着幸福快乐的生活；我发誓会将白雪视如己出，并且还要以我父亲不曾爱过我的方式来爱她，那就是每天都提醒她说她有多美丽，然后我们会一起高歌共舞、开怀大笑。我跟我父亲不一样，我不仅要带白雪去探望她亲生母亲的坟墓，还会用你托付给我的信件让白雪知道她生母是什么样的人。

"我下定决心从此再也不去想镜子工匠。他现在归于冥冥黑暗了。父亲去世那天，我的人生如同拨云见日，他沉入黑暗反而为我带来旭日初升，我终于能出发寻找爱与幸福了。我立刻将他所有的镜子搬到家门外，全都挂在院子里的一棵大树上。那些镜子在微风中摆荡，优美地将日光反射，我从没看过那么漂亮的景色。那幅美景令我窒息。其他村民也觉得那景象非常美丽，他们误以为那是我悼念父亲的方式，我任由他们如此认为。他们无须知道他是恶毒的男人，也无须知道那是我第一次站到阳光下，不再在黑暗与怀疑中徘徊。他们无须知道，事实上我是在庆祝。

"没有人知道他多恨我,也没有人知道他的灵魂究竟有多么残酷又毫无人性。灵魂……哈!我甚至怀疑他有这种东西吗?肯定是有过的,毕竟他曾经那么爱母亲。或许在她离世的刹那,他的灵魂就跟着她死去了吧。

"无论如何,后来残留在他心里的只剩下邪恶。在他垂死之际,我仍然守在病榻旁照顾他,希望他能活下去,因为在我内心深处,我知道像这样照顾自己的亲人才是正确的。尽管如此,他对我依旧只有仇恨和尖酸刻薄的话语:'他不会回来找你的,因为你是丑丫头。堂堂一国国王怎么可能会想要你这种人?'他临终前只有我陪在他身边,我握着他的手,希望当他前往另一个世界时不会感到孤单。就在他将死之际,他毫无生气的双眼看向我。我当时真愚蠢,还以为他最后会感谢我所做的一切。结果他的遗言竟然是:'女儿呀,我不曾爱过你。'说完他就闭上眼睛永别人世了。"

国王静静坐着。他将下巴摆在握拳的双手上,前后摇晃身子,思索着刚刚听到的故事。接着,他在王后身旁跪下来,将她抱入怀里。

"我希望他现在还活着,"国王说道,"这样我就能好好教训这个混蛋。"

王后讶异地看着心中总是充满善良的丈夫，那个甚至会怜悯敌人的男人。他真的如此在乎她，在乎到甚至不惜违背自身信念的地步吗？

这就是她在世界上最深爱的男人。她抚摸他的手，手上满是战争留下的疤痕，以及因高举炮弹和挥舞刀剑而长出的厚茧。她紧紧握住那双手，爬进他怀里，轻轻吻了他的嘴唇。他那曾经柔软的双唇因饱受风吹雨打变得干燥龟裂。他身上有汗水的咸味，王后心里想，以及血腥味。

她想知道，为什么世上一切事物皆不能永恒？为什么她无法将时间冻结在婚礼那一天，从此与白雪和国王一起过着永远幸福快乐的生活？为什么她无法让世界变和平，使丈夫再也不必离开她身边？

接下来整整一个月，虽然国王一直陪伴在她身边，但她一直在思考这些问题。等到一月二十三日，国王又要再次离去。

"我会想念你的，爸爸。"白雪说道。

"小白雪，我跟你保证我很快就会回来。我总是说到做到，对吧？"

小女孩点点头。

国王深深叹道："我爱你，我也会很想念你的，小宝贝。"

"我也爱你，爸爸！"

国王亲了一下女儿，将她高举起来转圈，逗得小女孩笑呵呵："我会朝思暮想你们俩，我将时时惦记着你们。"

王后与白雪站在庭院里，目送国王与手下骑着马翻越一座座覆盖积雪的山丘。他们的火炬在冬日阴暗午后发着微光，空气冰冷到能在眼睫毛上结霜的程度。国王的军队越变越小，变得像是爬在糖霜上的蚂蚁队伍。

最后他们落入地平线，国王离开了。

第 10 章 灵魂的破碎

国王不在的日子，王后觉得度日如年。城堡非常寂静。她怀念前阵子国王假扮恶龙或巫师和白雪玩你追我跑的时光，那时候的城堡充满白雪开怀的笑声。

她跟自己说，快了，他就快回来了。只要有他在，被石墙围住的城堡就将再次充满活力。

相较之下，现在这座城堡简直可以说死气沉沉。王后坐在房间壁炉旁的舒适宝座上，沉迷在伟大史诗《罗兰之歌》里。但书中关于骑士和战争等内容让她想起国王，因此她放下书，令仆人准备洗澡水。

她刚下完令，没想到立刻听到敲门声。

门口站着一名羞怯的姑娘，她全身颤抖说道："王、王下……"王后从未见过她，接着才想到她应该是新来的女仆。

"冷静点，亲爱的。我只是王后，又不是巫婆。"王后笑着说。

"是的，好的，这边这个……"她拿着一个几乎和她同高的大包裹，"是今天寄到，要给您的。守卫已经检查过了，里面的东西似乎没……没有危险……"

她气喘吁吁地放下包裹看着王后，王后则用怀疑的目光打量着包裹。

"这是从哪里寄过来的？"王后问。

"包裹附有一张字条。"女仆答道，拿出一张羊皮纸卷，那张字条在女仆发抖的手里如风吹的叶子上下晃动，"我无……无权过目内容，所以我也不知道它……它是从哪里寄来的。"

王后接过羊皮纸卷摊开来看。

内容根本用不着这么大张的羊皮纸，里面只有一句话：

多谢招待

王后扬起一边的眉头。

"所以说，你也不知道里面装了什么？"王后问。

"我不知道，王……王下。"女仆答道，"但守卫已经确认过里面的东西是无害的。"她再次提醒。

王后停顿了片刻,接着说:"好吧,把它拿进来吧。"

女孩吃力地抬起用粗麻布随意包装的大包裹,那种包装方式让人无从获悉里面到底装了什么,不管是从形状还是从尺寸上都看不出来。几名士兵跑来帮忙,最后用了四个人才将包裹搬进王后房间。

"还有什么要我帮忙的吗,王……王后殿下?"女仆问道。

王后摇摇头,那名女仆行完礼便快步离去,其他几名士兵也随后退出房间。

王后在包裹前来回踱步。这包裹可能是参加冬至节的其中一名宾客送的,单纯想表达感谢与善意的礼物。再说,守卫也检查过了,不是吗?

那么,为什么她却如此犹豫要不要拆开它呢?

王后盯着那个包装拙劣的礼物,又读了一遍字条。接着她下定决心,一鼓作气撕开粗麻布的接缝处。

"早上好,王后殿下。"撕开的粗麻布后面是一面镜子,镜子里的面具脸对着王后说道。

接着他露出阴险狡诈的笑容。

王后往后倒退并尖声大叫。

"您很寂寞。"镜中奴隶说。

"这又关你什么事？恶魔！"王后应道。

"您一心想着丈夫，渴望他的陪伴。但我才是您所需要的，王后殿下。"镜中奴隶说。

"你这魔鬼能给我什么？"王后厉声说道。

"我说过了，我看得到王国里的一切。我可以告诉您，您女儿最珍贵的回忆有哪些；或是您的好姐妹维洛娜……我可以将她藏在心底的秘密透露给您。但，这段日子以来您主要还是思念丈夫，对吧？我可以告诉您他人在哪里，以及他在做些什么。我就这么做吧……啊，我现在只看得到几天前的他。哼嗯……真好奇这是怎么一回事。我看到他骑在马背上高举着剑。哦！一支飞箭擦过他脸颊。看来他受了点皮肉伤。没错，我看到血了，他脸上流出不少血。周围还有很多噪音。不过他英勇善战，是名副其实的战士。虽然他在流血，但他要继续战斗下去。他肯定会平安无事的。话说战场可真是吵闹的地方，对吧？咦，等等，那是什么？一名手持长矛的士兵从他后方冲了上来。我想您丈夫没看到背后有人偷袭。要是我们能事先给他警告就好了。要是我们能阻止长矛刺穿他的胸膛……他就能免于……"

"恶魔！"王后大叫道，"住口！你把这些谎话说得像真话一样！"

　　镜中奴隶露出得意的微笑，目不转睛地盯着王后。

　　"不要！"她哭喊道，抓起手边装油膏的玻璃罐砸向镜子，"说谎！"

　　维洛娜冲进房间里，双眼布满血丝、泪流满面。"王后殿下，"她的声音充满颤抖，抱住坐在地板上的王后并轻轻晃动，"您已经听到消息了吗？那个恐怖的噩耗？"

　　王后看着泪眼汪汪的维洛娜。

　　维洛娜继续说道："他的遗体正在运回来的路上。"

　　王后的手颤抖不已地捂住嘴，她睁大眼睛，不敢置信地盯着维洛娜。

　　他不可能死掉，他明明几个月前还好好的。他只是受了伤，对，受伤而已，所以他只不过是要回来疗伤。镜中奴隶是骗子！而且战场上捎来的消息往往不可靠，总是有某些人会把某些事搞错。他只是受伤罢了，不是什么致命伤。然后他现在要回到她身边了。回到这里。回到家里。

　　"不，他只是要回家了！他要回来了。"王后只说得出这几句话。

　　维洛娜摇摇头。王后的脸、头发和衣服沾满了她和维洛娜的泪水。随着她慢慢接受丈夫已死的事实，胸口变得越来越疼痛。

就这么走了!

再也见不到他了,再也听不见他爽朗的笑声,再也无法坐在壁炉旁看他扮演龙追逐白雪,或听他向白雪说住在森林里的女巫等故事了。

"你可以退下了。"王后尽力镇定地说。

维洛娜双手握住王后肩膀。

"请让我陪着您。"

"不,维洛娜,我需要一点时间静一静。"

维洛娜一离开房间,王后就感到巨大的悲痛与愤怒涌上来。她喘不过气。她肯定承受不住这份痛苦。她心想,不可能有人在受了这么深的伤以后还活得下去;深爱的人不在身边,她怎么可能在这种痛苦中度过余生。

还不如死了算了。

但这样一来白雪该怎么办?

她该如何面对那孩子?如何开口告诉她这个噩耗?白雪会被压垮的,肯定会心碎的。王后双腿无力地站起来,扶着墙壁和栏杆慢慢下楼,感觉脚下的阶梯左摇右晃。

白雪坐在庭院石井上。王后一看见她,心头就感到一阵异常的剧痛。白雪正看着一只小鸟站在石井砖墙上吃面包屑,她看得很入迷,完全沉浸在自己的世界,也就是父亲虽然在远方但至少还活着的世界。

王后惊觉她即将永远改变这孩子的人生,只要这么短短一句话就会粉碎她的世界:你父亲死了。

她一边在脑海里演练这一幕,一边走向小女孩,也是她的女儿,她即将成为白雪在这世上唯一的依靠。

她好不容易走到白雪身旁,却无法开口说话;如果说出口一切就成真了,而她还没准备好面对残酷的现实。她想要为白雪变坚强,但硬要说出肝肠寸断的事实将会让她支离破碎。

于是她决定把悲痛深深埋藏在心底。王后强迫自己发出声音,但话语噎在喉头吐不出来。

"白雪,小宝贝,我有事得跟你说。"

原本在喂小鸟吃面包屑的白雪抬起头来,对母亲露出笑容:"你好呀,妈妈!"白雪灿烂地笑着说。

王后竭力保持镇定,坐在小女孩身边。白雪的脸突然亮起来。

"是爸爸的事吗?他今天要回家吗?我们可以再办一次跟上次一样的派对吗?"

"小宝贝……"王后的声音逐渐变弱。

"怎么了，妈妈？"

王后摇摇头，闭紧双眼强忍住泪水。

白雪眼含悲伤地看着母亲说："爸爸没有要回来，对吗？还不是今天？"

王后摇摇头："再也不回来了。"

"我想你说错啰，妈妈，爸爸保证过他很快就会回家，而且爸爸总是说到做到。"

王后的悲痛加剧。她硬生生将悲痛吞下，悲痛犹如玻璃碎块，心如刀割。她觉得自己破碎了，再也抑制不住泪水。

"我知道，宝贝，但我没有说错。他也无能为力，亲爱的，这一次他回不了家了。"

小女孩从嘴唇开始颤抖，接着蔓延到全身。王后向她伸出双臂，白雪扑倒在母亲膝上号啕大哭。王后紧紧抱住白雪，但白雪抖得很剧烈，王后担心要是抱得再紧一点可能会压到孩子。她抱住白雪，希望能带走孩子的悲痛，连同她的悲痛一起锁进自己内心深处。

既绝望又无助。

当她带白雪回到城堡时，她意识到自己正步入另一个截然不同的世界……原本的世界已经一去不复返了。王后无法想象接下来的世界，只感到茫然不知所措，如游走于噩梦中，麻木不仁。她在大厅一面镜子前停下脚步看着自己，只是为了提醒自己仍活在这世上。这一切都不像是真的正在发生的事；然而，事实却是如此。

忧心如焚的维洛娜出现在大厅尽头。

"维洛娜，白雪就请你接手了。"王后说。

"不！妈妈！不要离开我！"白雪哭喊道。

维洛娜赶到王后身旁想抱走白雪，但白雪紧抱着王后的腿不肯松手。

"不要离开我！妈妈！我好害怕。"当维洛娜将白雪从王后身上拉开时，白雪大叫道。

王后依旧冷酷无情地回到自己的房间。她刚进房间，立刻就在镜中奴隶讥讽的目光下瘫倒在地板上。

第11章 告别

日子一天天过去，王后入睡时总觉得自己的手还被国王的手握着。有时她会听见他爬楼梯上来的脚步声，或是他敲门的声音。偶尔，她还会听到像是从国王身上发出来的笑声。每当遇上这些时刻，她都会跟自己说：其实从头到尾都是一场误会，其实他已经回到家了，正生龙活虎地在她附近。但这些时刻总是转眼即逝，疑云消散后，又得被迫认清现实。

她向众神许下诺言，发誓如果丈夫能回到身边，她一定会成为更优秀的妻子。她为自己在冬至节时给他难堪而内疚。她想亲口告诉他自己有多爱他。他必须知道才行，王后无法忍受他也许不知道她究竟多爱他这种可能性。

遗体运回来时，她不忍瞻仰遗容，只能请维洛娜代劳做这件事。至于葬礼安排的相关事宜，她能拖就拖。自从国王去世后，日子一天天……或许是一周周……过去，询问葬礼详情的信函如雪片般纷至沓来。来自各地的信函似乎每隔十五分钟就累积成一叠，由哭肿双眼的女仆端着银盘送上来。城堡里所有人沉浸在悲痛中，进出的侍从都戴着服丧的黑臂纱，脸色苍白浮肿，举手投足相当安静。

每个人小心翼翼围绕在王后身边，以防她随时有可能崩溃。或许还有些人会感到疑惑，好奇她怎么撑到现在都还没崩溃。

这段时间镜中奴隶都没再露过面。奇怪的是，她却开始期望他出现。如果他看得见整座王国里发生的所有事，那王国以外的地方呢？甚至更遥远的彼岸呢？现在她渴望奴隶再次浮现于镜中，却四处不见他的踪影。

她是如此朝思暮想，如此苦不堪言，但只有维洛娜见过她哭泣的模样。王后整天把自己关在客厅里，望着花园前方的庭院和石井，什么事也不做，就只是看着花儿随风摆动，回想婚礼当天的场景。仆人会默默端上三明治和茶，之后再默默地将原封不动的餐盘收走。

有时候她会想象看到国王出现在他经常走的路径上，正要回到她身边。她想象自己奔向前迎接他，亲吻他的脸颊，而他会像对待小女孩一样将她高举到半空中转圈。尚未拆封的信件在她前方继续累积堆高。

"可怜的孩子。"

一名年长的妇人出现在客厅门口,她头上左右两边各盘着大大的发髻,银白色的头发在阳光照耀下闪闪发亮,慈祥的眼里泛着泪光。这名妇人是谁?是天使要来带走王后了吗?

一张熟悉的面孔出现在老妇人身后……马库斯伯父。那么这名妇人想必就是薇薇安伯母了。

王后起身迎接他们,马库斯将她拉进怀里紧紧抱住。他好温暖也好真实,在他怀里有受到保护的安全感。他善意的用力拥抱差点崩解她心防。

"伯父,你好,很高兴见到你。"王后语气十分平淡,听起来像是连她都不相信自己还能再次感受喜悦。

"我们来了,亲爱的。我跟你的薇薇安伯母,我们来帮你了。"

"亲爱的,你说什么我就为你做什么。"薇薇安说道,"任何事情,如果有任何我可以帮得上忙的事情,请务必跟我说。亲爱的,我经历过跟你一样的处境。躺在病床上好几个月。完全下不了床。哦,我完全明白那感觉有多折腾。我们会尽快让你重新振作的。好好记住我说过的话吧。"

王后心不在焉地点点头。

"我就先从替你拆阅这些信件开始吧？你现在没必要处理这些信件，这太不合乎人情了。如果你不介意，就由我代劳吧。"

王后突然感到难为情："抱歉，我都还没叫人准备茶点，也没找人带你们去看房间。"她说道，双眼因悲伤而略显呆滞。

"维洛娜都打理好了，亲爱的。你就别担心我们了，我们是来帮你的。我看看，现在该为你做点什么才好呢？或许先来壶热茶，这壶看来已经冷掉了。我想你应该要吃点东西才行，你看起来已经很久没吃过正餐了。"薇薇安说。

王后摇摇头。

"放弃抵抗吧，殿下。"马库斯说道，"在你来得及说'不'以前，她就会先填饱你的肚子了。就顺她的意吧。我很久以前就学会与其抵抗，还不如顺从比较容易。而且东西吃起来也比较美味。"马库斯拍了拍他的大肚子。

王后露出久违的笑容，自从丈夫去世后她初次露出微笑。尽管只是微微一笑，甚至可说是强颜欢笑，但终究是笑容。身边有能够依靠的长辈感觉真好,而且还是和丈夫关系那么近的人。

在薇薇安的帮助之下,葬礼行程终于安排妥当。国王的遗体运至陵墓的那天早晨下着雨。灵车是一辆华丽马车,国王的父亲与其祖先都是由这辆马车载送至安息之地。拉着车厢的是两匹黑骏马,它们似乎和王国其他人一样也在为国王哀悼。

车厢内,国王的棺木上盖满玫瑰花。那是王后最喜爱的花。在他初次上战场前,他就已经写好葬礼要如此安排了。王后身穿绣着深红色珠饰的黑色礼服,将头发绾成辫子盘在头上。随行的仆从在她周围高举一大片黑色厚布为她遮雨。白雪,这个心碎的小女孩穿着暗红色礼服。王后心想,不知道小女孩未来还能否再次感受到快乐。就算能,她又有重拾快乐的权利吗?

自从国王去世后就没有公开露面过的王后,在维洛娜搀扶下站着看完国王的遗体安放进陵墓里。维洛娜搂着她的王后……她的朋友……并带领王后与白雪走向马车准备回城堡。

"多么可惜……"

"多么遗憾。真的是……"

"英年早逝。他曾经……"

"如此英俊潇洒,而今……已去。"

王后抬起头来。

是三姐妹。

"我们必须来这儿,"露辛达说。

"希望你不会介意,"玛莎接口。

"毕竟,上次离别时我们是不欢而散。"鲁比说完最后一节话。

王后因悲伤而精疲力竭,对三姐妹漠不关心。现在不是动肝火的时候。

"谢谢你们出席。"王后答道。

"我们在想……"露辛达再次开口。

"你应该收到我们的礼物了吧?"玛莎作结语。

王后心不在焉地点点头,连想都懒得想她们说的礼物指的是什么。完全没想到镜子。

"他是有点冷酷无情又蛮横。毕竟,他是你父亲嘛。"鲁比说,"如果你驯服不了他的话,请跟我们说一声。"

维洛娜狠狠瞪了被雨淋湿的三姐妹一眼。她已经听腻她们晦涩不明的打哑谜了。她用力将王后和白雪拉近自己,带她们远离三姐妹回到车厢内。接着三姐妹就用小鸟般的步伐快步离开葬礼。她们离去时,王后不确定究竟是因悲伤过头而导致幻听,还是说她真的听到远处传来三姐妹的笑声。

第 12 章 孤独的王后

葬礼结束后,王后卧床休息了好几周。她对于自己将白雪拒之门外感到矛盾。她真的很希望能好好安慰那个小女孩,但就是办不到。只要看到那孩子的脸,她就会想起已经去世的丈夫。白雪看着她时,那双眼睛就像丈夫在看着她。同样,如果见到王后现在这种状态,肯定只会让可怜的小女孩更加不安。

但也不是只有白雪遭到拒见。自从国王去世后,王后就拒绝所有访客,除了一个人以外。维洛娜一直在王后身旁不离不弃,恳求她走出房门外去晒晒太阳。

"王后殿下,您今天不想看看您女儿吗?"维洛娜恳求道,"或许您可以到庭院里散散心。她非常想念您,她上一次见到您都已经是几个星期前的事了。她很喜欢有马库斯、薇薇安和亨茨曼做伴,但她还是需要您。"

"我还没做好心理准备,维洛娜。"王后回答。

"好吧。但是在您最沮丧的时候请记得还有我。无论何时我都随传随到。"

"我知道，好姐妹。我很感激你。现在请让我一个人静一静吧。"

维洛娜行礼后离开房间，但王后知道她肯定会再找理由回来的。维洛娜无法长时间放任王后独自一人。

王后一确定房门上了锁就立即走到镜子前。自从葬礼结束后，这件事已经变成她每日的例行公事。她渴望镜中奴隶再次出现，因为她想要……她需要……有关于丈夫的消息，王后想知道他在彼岸究竟过得好不好。

但无论她在镜子里怎么找，看得见的就只有她的倒影。

她看着镜子里萎靡不振的自己，蓬头垢面又心力交瘁。双眼红肿与浮肿的脸让她的瑕疵和其余缺陷变明显了。她的头发也已经好久没洗，更别说绑辫子了。

她对现在的模样深感失望。或许先前的美丽真的只是被人施法变出来的……施法者也许就是国王。因此在他死后，她的美丽……虚假的美丽……也跟着消失了。她到底在想什么？怎么会以为自己是美丽的人？她怎么可能长得像美丽的母亲，又怎么可能比得上国王的前妻，甚至怎么可能比得过还只是小女孩的白雪？

就在她盯着镜子里那张丑陋的脸，处于永远走不出绝望的崩溃边缘时，镜子里开始有东西成形。镜里冒出一团烟雾，接着镜中奴隶出现了。王后痛斥自己的内心竟然出现一股期待或甚至可以说是喜悦的情感。

"好久不见，女儿。您有好好享受葬礼吗？"镜中奴隶问。

王后语气僵硬地答道。"葬礼办得很完美，完全配得上他的英俊潇洒与纪念他的生平。现在进入正题，我需要你的帮忙。"

"帮什么忙呢？"

"我要关于我丈夫的消息。"

镜子里的脸大笑："最新消息就是国王已经没有气息了。"

"你不是什么都看得见吗？"王后问。

"我看不见死后的世界。但我看得到王国领地的一切。我看得见所有能让你伤心欲绝的事，甚至也看得见或许能让你感到非常开心的事。"

"我丈夫已经死了，怎么可能还有东西能使我开心？"王后问。

"你心里有数。"那张面如死灰的脸答道，接着消失不见。

王后用力捶打镜子呼唤镜中奴隶，但他已不见踪影。王后认为他会再次出现，只是不知道究竟会是何时。不过下次他出现时，她必须已经做好准备才行。

于是她派人送出一则讯息。

虽然三姐妹住在十分遥远的地方，但王后的谕令送达后隔天她们就抵达城堡了。维洛娜皮笑肉不笑地皱着眉为她们带路，她们如同往常踩着小碎步走进城堡，叽叽喳喳窃窃私语。维洛娜心中的古怪三姐妹离奇事件表上，新增加一笔"她们能从远方神速抵达城堡"的记录。白雪躲了起来，宫廷里其他仆从也相当不安。

还好他们不用费心招待三姐妹，因为王后下令三姐妹一抵达就立即带去见她。

"欢迎你们到来。"王后说道。

"这是我们的……"露辛达开口。

"荣幸。"鲁比作结语。

"你的丧夫之痛开始显现在外表上了。"玛莎说着，伸手拔下王后头上一根白发。

王后不自在地挪开身子。以前的她会因为这种举止而将她们永远驱逐出境，但现在她需要三姐妹的帮忙，而且这个忙也只有三姐妹能帮。

"上次我们见面……"王后开口说。

"是在葬礼上……很悲伤的日子……没错，悲伤，伤悲，又悲伤。"三姐妹咯咯笑道。

"上次我们见面，"王后无视她们插嘴，重新说道，"你们提到了我的镜子。"

三姐妹轮流摆出阴森的笑容。

"魔镜。"露辛达说。

"通往另一个世界的入口。"鲁比接着说。

"装着镜子工匠灵魂的那面魔镜。"玛莎说。

"所以你们知道那东西？"王后再次确认道。

"当然知道！那可是……"

"我们亲手所打造的……"

"倒不是说镜身是我们制作的，像淬火和镀金什么的……"

"我们做的是夺取镜子工匠的灵魂……"

"不是夺取！"露辛达驳斥道，"是他同意给我们的……"

"然后我们才取走他的灵魂。当灵魂离开肉体往上飘呀飘的时候，先用蜘蛛丝编成的网捆住……"

"接着再将灵魂取出来,关进去……"

"关进魔镜里。还有,姐妹们,别忘了强调一下……"

"这是他主动要求的,这是他主动恳求的……"

"是他自己拿灵魂来跟我们做交易的。"

三姐妹再次咯咯地笑了起来。

王后冷冰冰地盯着她们:"我命令你们说仔细一点。你们说的交易是怎么回事?"

于是三姐妹开始说起故事,这还是王后第一次听见她们如此完整说完一件事。

她们异口同声,就像三人一体:"是这样的,镜子工匠的妻子很想生一个小孩……她别无所求,只想要小孩。然而她却是不孕之身。镜子工匠不忍看见妻子不快乐。而我们呢,我们不忍看到有人如此不快乐,因此就找上了镜子工匠。我们告诉他,只要付出一定的代价,我们就能让他的妻子开花结果。只不过这代价可不小……"

"就是他的灵魂。"王后接话。

三姐妹点头,继续说道:

"因此,他和妻子有了孩子,不过他就此欠了我们一大笔……"

王后情绪很纠结。她原本应该为三姐妹对她父亲所做的事感到愤恨，但王后自己也对这个男人痛恨到极点，因此三姐妹以这种怪异的方式监禁他，反而让她感到十分舒爽。

"继续说。"王后命令道。

"孩子生下来以后，他用灵魂进行的交易就此成立，他得到他应得的孩子，而我们呢，我们会在他摆脱尘世时来索讨灵魂。但遗憾又讽刺的是，你母亲却因为难产而死，根本来不及欣赏他的牺牲奉献。"

"最后我们把镜子送到你丈夫手里。"露辛达开口说道。

"有劳他转交给你。"鲁比结语。

"哦，亲爱的，痛失挚爱的双亲肯定让你很难受。"玛莎咧嘴笑着说。

"但有了魔镜，你就能随时见到父亲了。"露辛达跟着咧嘴笑着说道。

"我记得你们在葬礼上提到一些事，一些关于镜子的事，关于我父亲的事以及关于如何驯服镜子里的灵魂。"王后说，这段对谈让她感到不太自在，越来越焦躁不安。

"你遇到了什么问题吗？用不顺手吗……召唤父亲时遭到麻烦吗？亲爱的。"三姐妹轮流开口说话，令人眼花缭乱。

"对,"王后说,"你们能告诉我该如何驯服灵魂吗?"

三姐妹咯咯发笑。

"你确定这是你想要的吗?"她们问。

王后点头。

"你或许会被他所告诉你的事……"

"给毁了也不一定。"

"废话少说,这是命令。"王后厉声道。

三姐妹慢慢走到镜子前面,牵起彼此的手。她们高举双手开始咏唱:

魔镜中的奴隶,
快从远方而来。
在狂风黑暗中我召唤你。
说话吧!现身在我面前。

一阵凉风吹进房间里,窗帘如幽魂般舞动。镜子里燃起一团火焰,接着……在烟雾缭绕下,那张熟悉的面孔出现了。但跟前几次不太一样,这次镜子里的脸几乎面无表情,看起来温驯许多。所以,她们说的都是真的吗?她们的咒语真的驯服他了吗?

"您想知道什么事，三姐妹？"

三姐妹咯咯窃笑。

"为什么你对新主人这么不听话？"三姐妹问。

"我对王后殿下不友善，原因您我心知肚明，因为她不曾用您束缚于我的力量召唤过我。"

三姐妹再次大笑。"没你的事了，退下吧，奴隶。"三姐妹说。说完魔镜里的脸便消失在紫色旋涡中。

"这样的教学还满意吗，王后殿下？"三姐妹问。

"获益良多。"王后笑着说，"你们可以离开了。"

"在我们上路前，先说一下……"露辛达说。

"我们留了另一件礼物给你……"鲁比接着说。

"就在你的地牢里。请多多……"玛莎接着说。

"善用。"鲁比作结语。

当夜幕降临，三姐妹离开宫廷后，王后走到魔镜前。她依旧疲惫不堪，但在掌握情况以后，她比之前更有信心了。王后全神贯注在镜子上，以至于完全没去想三姐妹留下的第二件礼物是什么。她凝视镜子，思考要问什么问题。接着她吟咏三姐妹的咒语，召唤出镜中奴隶。

"您想知道什么事，王后殿下？"奴隶问。

"我想要我丈夫的消息。他现在过得怎么样？上了天堂还是下了地狱？"

"我已经告诉过您了，王后殿下，那是我目所不能及的地方。"

王后已经预想过这个回答了。她只想知道丈夫死后究竟何去何从，但现在连最后一丝希望也没有了。在镜中奴隶面前，她几乎看不见自己的倒影，但她看见让她感到恐惧的东西了：她怕自己就跟父亲生前一直说的一样丑陋。除了丈夫的消息之外，如果要问还有什么能让她重新振作的话，那么就只有一件事了。

"魔镜呀魔镜，告诉我，谁是这个王国里最美丽的人？"她孤注一掷问道。

"您确定您希望我回答这个问题吗？"镜中奴隶问。

"确定。"王后咬牙切齿回答。

"要知道我可是受到真理束缚的。"镜中奴隶说。

"如果不是我的话，那是谁？"王后语气变得十分暴躁。

"我并没说不是您。我说过了，我无法撒谎。在您踏进这块领域之前，就应该要明白这件事了。"

王后冷笑着点头。

"是谁？奴隶，最美丽的人是谁？"王后再次问。

"这段经历让您花容失色不少。您既疲惫又……"奴隶说。

"快点说!"王后的拳头砸到壁炉架上吼道,"谁是王国里最美丽的人?"

"是您,王后殿下。"镜中奴隶答道,接着就消失在一团迷雾里,王后又能看到她的倒影了。她眯起双眼,嘴角露出邪恶的笑容。

第 13 章 嫉妒

王后和镜中奴隶打交道后，终于肯走出房间公开露面了，她看起来就跟从前一样雍容华贵。而且就如维洛娜说过的……整个王国的人民都准备好接受王后成为唯一的统治者，他们用最盛大的热情展现对王后的爱戴。

这一天，红色的玫瑰花瓣如旋风般神奇地在空中飞舞，这幅景象让她忍不住想起和国王结婚当天。她感到胸口一股闷痛，差点流出泪水。白雪奔向王后，抱住她的膝盖。维洛娜站在她们身旁笑容满面。

"哦，妈妈，我好想你！"小女孩哭着说。王后抱起白雪，聚集的人群欢呼雀跃，马库斯和薇薇安站在人群外向她挥手致意。

这天充满各种庆祝活动、宴会与欢笑直到傍晚。王后回到房间，发现自己有了新的信心。她走到镜子前，看着镜子里的自己："我是最美丽的人。"

她如获新生，原因除了整个王国的人民都爱戴她以外，还有另一个截然不同的理由。自从父亲去世后，多年来她一直相信自己已经驱逐心中关于父亲的心魔。实际上却并非如此。直到看见父亲的面孔亲口说出她很美丽……而且是整座王国最美丽的人……她才真的感到如释重负。过去一直是他在控制她，如今轮到她有力量控制他了。王后打算好好行使这股力量。

她用三姐妹教过的方法召唤出镜中奴隶。她吟咏咒语，镜中奴隶便出现在一团火舌与浓雾之中，她问道："墙上的魔镜，谁是王国里最美丽的人？"

受到真理束缚的镜中奴隶向王后承认，她才是王国里最美丽的人，王后因而感到满足。以前父亲总说她会变成丑陋的老女巫，她曾因此感到担忧，但这下心中的阴霾通通一扫而空。她所有的不安都消除了。曾经大肆轻蔑贬低和羞辱她的父亲，现在灵魂被关在镜子里化为奴隶。当她亲自听见并且看见镜中奴隶承认她很美丽时，王后甚至连丧夫之痛也减轻了。

不久，王后便发现只要哪天忘了照镜子，那天的脾气就变得十分暴躁、焦虑不安。她会动不动就对仆人破口大骂，就连维洛娜与白雪这两个最亲近她的人也同样遭殃。

她会感到呼吸急促、胸口闷痛。而唯一能解除这些毛病的方法，就是回到镜子前……回到父亲面前，听他亲口说她有多迷人，听他说她很漂亮，听他说她是最美丽的人。只有这样才能减缓她心中的执念。

于是这变成了王后的日常仪式。她每天都要照魔镜，任由虚荣心吞没自己，将丧夫之痛置之不理。她利用父亲的认可安抚她每晚的噩梦，比如痛失亲人、年老色衰以及变成父亲口中的丑女人。

至于魔镜，魔镜总是和王后实话实说，说她是王国里最美丽的人，直到某天毫无预警地给出了不同答案。

"您的美丽举世闻名，王后殿下，但我看到另一位美丽姑娘……"

王后怒不可遏，整个人都气得快要扭曲变形了。她从未感受过这种情绪：既糟糕却又痛快。她不知道原来羡慕这种情感可以激起如此剧烈的愤怒，甚至可以说是嫉恨。而且这份嫉恨还伴随着不可否认的力量。

"谁？是谁？快点说，奴隶！"王后咆哮道。

"王后殿下，忧伤与失落不曾减少她的美丽；悲恸未能在她脸上增添一丝皱纹。同样的痛苦与煎熬明显影响了您的容貌，她却丝毫无损。这名侍女……"

"侍女？"王后尖声叫道。

"我不可否认您的美丽，王后殿下。但我也无法撒谎。维洛娜比您耀眼。她是王国里唯一比您美丽的女人。"

"当我还是小女孩的时候，我多么渴望得到你的爱。哪怕只得到你一点点肯定，我也能因此更有活力！而你，你现在竟然想以此摧毁我，以及我在这世上唯一关心的女人、我仅存的家人？不，我不相信你。事实上，这一切都不是真的。我肯定是在做梦或是被下了什么魔咒，我一定会醒来，戳破这场出于悲伤而产生的噩梦！"王后说。

"如果我离去，您会比较开心吗，王后殿下？毕竟从一开始，我就是受到您召唤才出现的；但如果我在这里会导致您痛苦，那我很乐意离去，直到您再次召唤我为止。"奴隶说完后，她父亲的影像便从镜子里消失了。

就在此时，维洛娜牵着白雪的手来到王后房间，她身上焕发着喜悦的光芒。维洛娜是如此明艳动人，王后有生以来第一次憎恨别人的美丽。

"打扰您了，王后殿下。"维洛娜说，"但庆祝您复出满月的宴会就快开始了，我们想陪您一起走向大厅，大家都在那里等您登场。"

"当然，谢谢你，维洛娜。"王后说。她突然感受不到原本对维洛娜怀有的姐妹情谊了。

"那我们出发吧?"维洛娜问,王后盯得她浑身不自在。

"出发前先让我亲一下我可爱的女儿,白雪。你今天过得如何,小宝贝?"

"我很高兴能看到你,妈妈。你生病的时候我好想你,而你好久都没有再生病了也让我很开心。"

"我也很想你,小宝贝,很抱歉生病时没能多陪陪你。"

"没关系,我现在又能看到你了,妈妈。你今天看起来好漂亮,维洛娜也很漂亮。你说对不对,妈妈?"

"是的,她相当漂亮。"王后的语气平淡,"好了,我们出发吧,今天是开心享乐的日子。"

于是三位美人出发前往大厅。王后不知道究竟是错觉,还是关注维洛娜的目光真的更多?王后试着不去想镜中奴隶说过的话,但她越是不想在意就越在意。那天晚上以及随后几天,镜中奴隶重复给出同样的答案。

维洛娜是最美丽的人。

王后觉得两股力量在拉扯她,其中一股力量是她对维洛娜情同姐妹的友爱,另外一股力量则是她对父亲的情感，只是这股情感也能称为爱吗？不，那是比爱还要可怕的情感。王后对他的认可痴迷成瘾，而维洛娜阻碍了她每天必须从父亲身上得到的认同。

为何她会想从父亲身上获得这种认可？要是她出于嫉妒而做出不择手段的行为就能让他再次说她是最美丽的人，那么，这能说明他的本质究竟是怎么回事吗？而她的本质又是怎么一回事？

因此，当王后决定将维洛娜派往邻国执行外交任务时，她告诉自己这与虚荣心无关。不，这仅仅是为了要让自己的内心得到平静，同时也为了保护她们的友谊而采取的措施。

维洛娜道别时热泪盈眶。白雪也无法抑制难过的泪水。毕竟，这个小女孩已经失去太多东西了。白雪最亲近的人除了后母之外，再就是维洛娜了，而现在连她也要离去；至于王后，王后则冷漠无情，无动于衷。维洛娜的马车刚离去，王后就立即甩斗篷转身回了房间。

王后砰的一声关上门迈步到镜子前。她却在这时犹豫了。要是最后发现这一切徒劳无功怎么办？要是王国里还有许多比她漂亮的人，而维洛娜只不过是排名第一的话该怎么办？最后王后鼓起勇气，再次召唤镜中奴隶。她扪心自问自己的动机究竟是什么。当镜子里开始冒出火焰,她心里某处希望镜中奴隶不要出现。她不清楚以下哪种情况才能使她感到安心:看到他出现,或不出现。

接着镜中奴隶在一团烟雾中出现了。

"您想知道什么事,王后殿下?"

"墙上的魔镜,谁是这座王国里最美丽的人?"

"现在维洛娜已踏上前往遥远国度的旅程,所以您才是这座王国里最美丽的人,王后殿下。"

王后感到压力全面解除,全身肌肉都放松了。她深深吸了口气再吐气,内心还是有些不安。她究竟变成什么样的人了?在自身的美丽与最亲近的朋友之间,她怎么会选择前者?

"奴隶,我还有另一个问题。"她说。

"我只会实话实说,王后殿下。"

"或许我是王国里最美丽的人。但我要怎么做才能重拾幸福?"

"幸福就是美丽,美丽就是幸福。不论男女老少,美都能带给人喜悦。"

"希望真的是如此。"王后说。

第14章 纯真的魅力

自从维洛娜离去后，王后每天都忍不住向魔镜问同一个问题。听父亲说她有多美丽总能帮助她打起精神，不过她同时也觉得比以往更加孤独。

　　或许是丧夫之痛与寂寞促使她每天都到镜子前，但她总觉得还有其他理由迫使她寻求父亲的认可与爱护。有时候，她觉得自己不得不照镜子的原因，单纯只是为了确认自己还存活在这世上。提醒自己是个有血有肉的人，而不是围绕城墙的一团青雾。每当她照着镜子时，便能确实感受到自己还活着，感受到自身的美丽赋予她强大的力量。

　　不，说强大还不够，应该说所向无敌。

　　王后的生活变得很单调。每天照过魔镜后，接着就待在地牢里。王后原本忘了三姐妹上次来访时提过的第二件礼物，因为她之前花费太多心思在镜子上，根本没空想其他事情。几个月后，她收到三姐妹寄来的一张字条，上面只写了一句话：

我们的礼物好用吗？

这张字条提醒王后，三姐妹在地牢里留了东西给她。也许那东西能帮她把注意力从镜子上转移开；也有可能是类似魔镜的其他道具，只能拿来增强她的魔力。

王后在地牢里找到一只老旧的箱子。一打开就有一群蝙蝠冲出来，她赶紧举起斗篷遮住自己免受袭击。接着她才看到三姐妹的礼物：魔咒与咒语等魔法书；几瓶装着怪东西的玻璃瓶，标签上有木乃伊尘、蟾蜍的眼睛和干燥的眼垢等；各种烧杯和杵臼。最后还有一个大锅。王后很快就迷上这些魔法书，学会了如何运用三姐妹留下来的奇怪素材。

她刚开始施展魔咒时很不顺利，即使奏效了，效果也不好。起初她想对自己乌黑亮丽的秀发施展魔咒，让头发变得比渡鸦的羽毛还乌亮，结果头发没有变得像渡鸦的羽毛一样黑，反而直接把头发变成羽毛。王后接连几天在宫廷中只得想办法掩藏满头羽毛，最后好不容易才找到解除魔咒的方法；还有一次，她不小心将双手染成绿色，手臂上还长满疣；后来她尝试一种药水，原本预期的药效是声音会变成王国里最悦耳的声音，没想到最后变得只能像蟾蜍一样呱呱叫。在她成功制造出恢复声音的解药以前，她一会儿像鸟儿啾啾叫、一会儿像毒蛇般发出嘶嘶声。

王国的人民原本以为王后只是再次因悲伤而暂时遁世，结果一个星期过去、一个月过去，甚至一年一年过去了其实王后一直都待在房间、前厅、地牢和客厅里练习秘术。

除了房间与地牢以外，她还花了许多时间站在城堡塔顶的矮护墙上观察整个王国。也许是在搜寻是否有任何东西可能会威胁到她的美丽。

王后原本应该为自己为何变得如此封闭又冷漠而感到困惑，但她说服自己这一切其实合情合理：首先，她从来都不想体验失去丈夫那样的痛苦与折磨——再也不要；其次她并非从此一无所有，她的美丽拥有某种特质，那种特质令人民爱戴她、仰慕她，甚至敬畏她。这次她即使不择手段也不要失去这份美丽。

她想象自己的心是一面破碎的镜子，碎片在内心叮当作响，这想法让她感觉自己已不成人形。她和曾经亲近的人都疏远了，就连女儿也是。王后担心白雪要是发生什么意外，她的心会粉碎到甚至无法拼凑，因此王后将白雪扣留在城堡内。尽管如此,她却无法忍受与白雪共处一室太久。白雪一年比一年美丽,王后开始对这孩子产生某种不同于爱的情感,某种她不愿意细究的可怕情感。

国王去世多年后的某个清晨,王后门外传来敲门声。敲门的人是缇莉,自从维洛娜离开宫廷以后,她变成了王后的贴身侍女。缇莉说话总是轻声细语,虽然白雪正因此而喜欢这名侍女,王后却认为只有天性软弱的人才会这样说话,因而非常讨厌轻声细语的人。

"王后殿下,请问您今天早餐想在哪里吃?"缇莉问。

王后十分恼火,尽管缇莉早已预料到会有这样的反应,但还是畏缩了一下。

"当然是在大厅,蠢丫头。打从你服侍我以来,我一直都是在那里用餐的。"

缇莉一副有口难言的模样。

"什么事,缇莉?有话快说!"王后咆哮道。

"也没什么,只是白雪提过想在客厅享用早餐。她觉得改变一下用餐地点也不错。"

王后露出冷笑,向那可怜的侍女问道:"请问一下,这个王国的王后是白雪吗?"

缇莉紧张答道:"当然不。您才是王后,殿下。"

接着王后说:"那么就请你把我的早餐送到大厅,跟白雪说我在那里等着和她一起用餐。"

"遵命,王后殿下。我这就去找人将您的洗澡水送来。"

"你可以退下了,缇莉,谢谢。"

王后不明白自己怎么有办法容忍身边这群呆头呆脑的女人。她年轻时对地位高的人肯定没这么鲁莽。在客厅吃早餐,还真敢讲!

她从床上爬起来,拉开窗帘往庭院看。白雪正坐在石井上……王后的石井……喂着几只小鸟。她已经长成漂亮的年轻姑娘了。虽然白雪没有注意到,不过围墙外有名骑着马的年轻英俊男子经过,他停下马从远处看着白雪,似乎被白雪的魅力迷住了。没错,看来他对白雪一见钟情了。王后用力拉上窗帘转身走到镜子前。

"墙上的魔镜,谁是王国里最美丽的人?"

"最美丽的人,王后殿下,是您。"

王后露出微笑,然而心中却冒出寒意。试图接近白雪的那名年轻男子让她感到不安。是嫉妒吗?王后是嫉妒心作祟所以才来看魔镜吗?难道她是在憎恨白雪的年轻与貌美吗?还是说,其实她感受到的是慈悲心?因为她想保护白雪免受爱情之苦?毕竟,就是爱情让王后落魄到现在这步田地。

王后出发前往大厅。刚搬进城堡时,她曾因为大厅过于宽敞与威严而感到不自在,现在反倒因此而喜欢上这个空间。待在这间大厅让她觉得自己君临天下,她也很享受以王者之姿坐在王座上,看着彩色玻璃拱窗将耀眼的蓝色光芒照进宫中。白雪已经坐在长桌右方位置上,看起来既纯真又美丽。

王后走到自己的座位旁但不坐下,站着不动并且盯着白雪。王后点头向白雪示意她这时应该要起身迎接母亲才对。

白雪迟疑了一下才站起来:"早安,母亲。"

"早安,白雪。"

接着王后坐下,并示意白雪也可以坐下了。

"听说你似乎比较想在客厅吃早餐?"她说。

"是的,我想这会是个不错的改变,这间大厅对我们两个人来说显得太大了。我还记得小时候我们都会在小饭厅用餐,或是在客……"

"够了!"王后厉声制止。

但王后内心仍不由自主回想起那段幸福快乐的往日。她现在已经无法在白雪说过的那些房间用餐,失去丈夫后那里的一切都只会让她睹物伤情。而且白雪已经长大了，从天真无邪的小女孩渐渐变成美丽的少女。后来在那间小饭厅里用餐时，每当王后抬头看壁炉架上的白石美人，白石美人的表情就像是看透了王后的想法，表情转变成严厉与不满。

"我就喜欢在大厅用餐，白雪。我们以前就讨论过这件事了。如果你想在客厅里用餐，那就去吧；你想在哪里吃饭都可以，但恕不奉陪。"

白雪露出失望的表情："如果我们在不同房间吃早餐，我就根本见不到你了。"她说。

"没错。"

白雪默不作声摇了摇头。

"你的态度开始让我不耐烦了，白雪。我不准你用那种表情看我。我说了，你想在哪里用餐就在哪里用餐，你还有什么不满的？"

白雪满眼悲伤地看着母亲。

"我没有不满，母亲。请别介意。"

"很好。那么，有件事我最近一直想跟你说，正好趁现在说一说。我想你也差不多该开始承担一些责任了。你没什么值得一提的技能，而且似乎也没有追求者，所以我们不能指望你能够结婚。"

白雪一脸错愕。

"我已经叫缇莉给你准备了几套工作服,这样你就可以帮忙跟她一起打扫城堡。我认为做点工作对你有益无害。"

"我不介意帮缇莉忙,我平时就经常帮忙打杂。"白雪说。

王后继续说:"但我不希望你弄脏你那些好衣服,工作时应该要换上合适的工作服。"

"当然,母亲。"

"去找缇莉吧,她会给你换一套旧工作服。那套衣服很适合我们等着要你去做的工作。"

白雪起身离开大厅。

王后深深叹了一口气。她回想起过去自己即将从小女孩转变成女人时,以及当时奶奶和她说过的话:

别相信你父亲的谎话,乖女孩。他看不到真实的你,而我担心你的灵魂一不小心会被他的阴影笼罩,在心里徘徊不去。乖孩子,你真的很美丽。就算以后我不在了,你也别忘了这件事。

她一直以来都很美丽,再加上如今父亲的灵魂不仅被困在魔镜里，还受到魔法的束缚只能说实话。王后从中感受到源源不绝的力量。她起身离席，穿过拱门并沿着走廊快步走，最后停在一片挂毯前。挂毯上画的是一棵花朵盛开的高大苹果树，树枝上站满黑鸟。她突然想起多年前曾经和白雪说过的故事，关于一个可以变为巨龙的女人。现在她觉得自己和那女人很像，孤立无援，与身边其他人都不一样。王后掀开挂毯，后面露出一条通往地牢的密道。

王后伸手扶着石墙下楼梯。石墙摸起来又冷又硬，她喜欢这种触感。她到了地牢里的房间以后打开窗户让空气流通，窗台上坐着一只大乌鸦。

她现在花费在地牢里的时间，已经不像当初发现那些书和药剂时那么多了，因为当时一切都是新知。不过她还是经常会在这里度过一整个午后时光与夜晚。随着时间流转，王后对三姐妹留下来的几本书和里面的魔咒越来越熟悉了。其中有许多都是让她保持年轻貌美的魔咒。但最近她一直在实验其他种类的魔咒。她既美丽又掌握权力，可她还想要更多。

刚开始接触这些书和魔咒时，它们看起来是如此陌生且令人生畏。而现在，这些布满灰尘的皮革书籍……有些封面装饰着银色骷髅头图纹，有些封面则清楚标明内容是关于哪方面的魔法……少了几分不祥，多了几分美丽。

她回忆起刚开始学习施咒时，自己有多么笨手笨脚。如今见到这些书就像是见到老朋友一样亲切。

"乌鸦在天空四处飞巡，告诉她外界的消息。"王后自言自语道，想起很久以前她在某个狂风暴雨的夜晚和白雪说过的故事。

才说完就有一只乌鸦像受到召唤似的从窗外跳进来，用黄澄澄的眼睛看着她。王后决定让这只乌鸦留下来陪伴她阅读三姐妹的书。

接着，上方传来一阵声音。

"打扰了，王后殿下，请问您在楼下吗？有急事！"

王后很气自己怎么会告诉缇莉，她下午要待在这里。她所在的房间的确很偏僻，但这并不表示好管闲事的人就不会擅自闯入她的实验室。她之后一定要立即找工人装上一扇厚重的门，用结实的门闩将通往地牢的房门给封锁住。

"我这就上去，缇莉。"

王后轻抚一下乌鸦的头，接着上楼去看究竟什么事值得大惊小怪的。

缇莉看起来比平时更加紧张不安。

"发生了什么事？"王后问。

但缇莉只是站着发抖,开不了口。

"小姑娘,有话快说呀!"

侍女好不容易才让自己开口说话:"白雪刚刚帮我从井里打水时,不晓得为什么……她……她不小心摔进井里了!"

王后立刻奔向庭院,她看见浑身湿透、不省人事的白雪躺在地上。白雪身边还有一名伤心欲绝的年轻男子半跪在地上观察白雪,他正是稍早时候在附近骑马的男子。现在王后近距离看清楚他的脸,才认出他是邻国的年轻王子。

王后将注意力转向女儿毫无生气的躯体,心脏顿时停止跳动。先是她的母亲,再来是她的丈夫,现在轮到她的女儿……死了。王后因为恐惧和悲痛而全身瘫软。接着白雪突然开始咳嗽。井水从她红宝石般的嘴唇溢出来,白雪慢慢睁开双眼。

"感谢众神!"王后双手按住胸口说,接着将白雪抱入怀里。

王子也安心了。他将手放在白雪脸颊上温柔地说道:"谢天谢地,你还活着。"

白雪抬起头来,用跟她父亲一样漂亮的双眼看着他:

"谢谢。"

她明显迷上了眼前这位年轻男子。

王后介入两人之间说道:"谢谢你,年轻人,接下来交给我就好了。"

"好的,夫人。请问我明天下午可否再来探望这位美丽的姑娘?"

王后看得出他已经迷恋上白雪了。

"也许吧,如果她没问题的话。如果你离开前想先休息一下的话,缇莉可以带你到庭院后面歇会儿。谢谢你的帮忙。"

王后说完便抓住白雪的手臂,匆忙带着她回到城堡。

第 15 章 返城

自从白雪落井事故以后又过了好几个月,救了她的年轻王子这段时间来探望过白雪好几次。某天早上,白雪去花园里帮缇莉忙时,王子提出拜见王后的请求。王后知道他是要来请求她同意把白雪嫁给他。但王子甚至还来不及开口,王后就先清楚表明希望他别再来这座城堡了。她决定要快刀斩乱麻,赶紧将这件事解决掉。

"我不忍看你伤心,年轻人,但你让我相当为难,恐怕我也只能跟你坦白了。白雪并不爱你,而我不能让女儿嫁给一个她不爱的人。"她说。

王子看起来垂头丧气的模样。

"我看得出你认为并非如此。但很遗憾,王子。也许她只是不想伤害你的情感,她真应该跟你实话实说的。"王后说。

王子什么话也没说便离去了。王后打算跟白雪说王子留了一张字条，上面说他其实并不是真的爱她，他想在白雪变得太投入以前终止这段打情骂俏的关系。王后认为自己这么做是正确的，哪怕这种正确意味着同时欺骗他们俩也没关系。即使现在他们会感到伤心，也比不上到时因为悲剧、背叛或死亡将两人拆散那么痛苦。话虽如此，她也忍不住觉得自己很邪恶。而邪恶的感觉让她同时感到既恐惧又欣慰。

在内心深处，她知道自己的动机也是出于嫉妒。她羡慕白雪竟然有人爱，自己却没有。与爱人天人永隔的她，该如何忍受自己眼睁睁看着其他有情人终成眷属？

如果国王还在，他会怎么看待现在的王后呢？有时她会想象，他正在某处看望并指责她的种种恶劣行径。她觉得自己内心似乎被什么东西给支配了，因此她也无法控制自己的行为举止。

但这个决定不是这样的，不，白雪迟早会感谢王后保护她免于心痛。她一定会理解的。

王后赶紧回房再次走到魔镜前。她需要并且也得到了慰藉。跟平时一样，她依然是王国里最美丽的人。

只不过，镜子里的人看起来和原本的她似乎不是同一个女人。没错，她是很美丽，但眼神似乎变了。她的美貌多了一种严峻……冷酷且遥不可及。王后认为这份严峻使她看上去更显高雅与威严，确实是身为王后该有的风貌。话虽如此，她仍免不了担心自己是否由于沉浸在悲伤、恐惧以及虚荣心的推波助澜下迷失了自我。

能安抚她的似乎只有镜中奴隶，王后在年复一年的孤寂生活中开始对父亲产生信任。她问道："你觉得我看起来变了许多吗？"

"是的，王后殿下，您变了许多。"他答道。

"怎么说？"她问。

"您变得端庄、有王者风范又优雅。"

"我看起来冷酷吗？"王后又问。

"不，王后殿下，您只是蜕变成为高贵的杰出女性。而身为王后的您，不应为心事感到烦扰。"

心事……直到不久前，她的内心都还支配着她；然而，如今孤独统治整个王国的她，简直就快没有自己的心了。镜中奴隶仿佛看穿了她的想法，继续说道："像您这样尊贵的女性不能受情绪影响，以免无法处理手上的工作。"

得到这个劝告后，她便开始着手处理当天的事务。

但很快，意想不到的事情就发生了。

缇莉沿着长廊快步而来。"王后殿下，"她开心喊道，

"有访客来了!"

"我今天没打算接见任何人。不管是谁,都叫他们离去。"王后冷冷地回答。

不过缇莉还来不及转达王后的命令,访客就走进大厅了。

"好久不见,殿下。这些年来我好想念您。"

王后顿时激动……是维洛娜。她迅速瞥向大厅镜子,检查自己没有露出任何一丝丑态。王后破碎且衰弱的心雀跃一跳,紧接着又低沉不振。她不知道该如何看待这次会面。

维洛娜在执行外交任务的过程中,与一名贵族恋爱并结婚了。

王后心中翻涌着替维洛娜感到开心和嫉妒的混杂情绪,这种情绪现在对王后来说已经变得很平常了。

她们曾经是那么要好的朋友,王后现在开始好奇,这些年来在没有维洛娜的陪伴与友谊支持下,自己究竟是怎么熬到今天的?这个想法让她感到困惑,但她决定将这个问题埋进内心深处,绝不能让感情动摇她的力量。

尽管当初将维洛娜派遣至其他王国让她松了一口气,她同时也还是很想念维洛娜,特别是刚开始的几个月非常难熬。一想到她竟然出于虚荣与自私而把朋友送到远处，她便不寒而栗。维洛娜出现在城堡里，唤醒王后内心某些情感……有人性且温暖的情感。是的，她很开心有老朋友在身边陪伴。

王后为她们俩在大厅安排了美好的夜晚。房间里点满蜡烛，桌上摆满佳肴，都是维洛娜最喜爱的美味。晚餐相当丰盛，然而对话却有些别扭。和老朋友叙旧完以后，还有什么话题可以聊呢？

饭后，两位女士回到休息室坐着休息，这里气氛不错，有助于聊天。

"我很后悔把你派遣出去，维洛娜。"王后说道，没有说虽然她也不是完全后悔。"如果能再重来一次，我肯定不会把你送出宫外。"

"哦！但这样一来我就遇不到我的丈夫了。谢谢您，殿下。是您让我的人生变得幸福无比，我为此而对您充满感激。"维洛娜说。

"那么，你爱他吗？你的丈夫。"王后问。

"是的，当然如此，您怎么会这样问呢？"维洛娜说。

"我只是在关心你，老朋友，仅此而已。等看到你因为失去他而受伤时，我会很难过的。他上战场去了，对吧？

你应该要开始为他的死做心理准备了。"

"我不要！您怎么能说出这种话来？"维洛娜从舒服的椅子上跳起来说道。

"因为人生就是如此，亲爱的维洛娜。我们的宿命就是不断失去挚爱，并且在失去后感到心碎。朋友呀，如果能的话，我会极力保护你免受心碎之痛；但当国王从我的生命里消失时，我知道不管谁事前对我说了什么，都无法让我做好心理准备迎接灵魂的撕裂伤。"

维洛娜的双眼充满悲伤："那一天的情景我至今历历在目，王后殿下，我明白您的感受，真的；但我不能一直活在害怕失去的恐惧里，否则生命会就此停滞不前。殿下，我可以和您直话直说吗？"

"当然，请像往常一样畅所欲言，维洛娜。你是老朋友，而老朋友拥有直话直说的特权。"王后冷冷地回答。

"我觉得您变了许多，殿下。您比以前更加美丽，但内心有些不同了。你的痛苦与孤独令我很担心。"维洛娜说道，"白雪写了好几封信给我，谈的都是她对您的担忧。白雪担心您对她太封闭了。她非常爱您，殿下，你们俩明明可以彼此抚慰并加油打气，结果却各自沉浸在悲伤里头，我一想到这就觉得心痛。"

"白雪知道她对我来说有多重要,维洛娜。要是没有她,我就活不下去了。"王后说。

"那么,为何您从不陪伴她呢?白雪是了不起的姑娘,殿下。多年来她一直处在可说是被遗弃的状态,即使如此,只要您向她伸手,她仍然会是您的好朋友。"维洛娜用诚恳的语气说道。

"你竟敢暗示说我对自己的女儿弃而不顾?"王后厉声说道。

"请原谅我,殿下,我以为我可以对您实话实说。"

"我确实说过你可以畅所欲言,维洛娜,但这些话很伤人。你不知道悲剧后的心碎是什么滋味,而且你最好祈祷永远都不知道!"

维洛娜摇摇头:"拜托了,王后殿下……我的朋友。请去找您女儿吧,她已经快到适婚年龄了,迟早要离开宫廷的,我不希望看到她离开这个王国时仍不知道她母亲的爱。"

她母亲的爱。这几个字触动了王后。她选择遗弃了白雪,选择整天埋首于三姐妹的魔镜和魔法书里。难道失去丈夫真的使她精神错乱,错乱到没发现自己太害怕丧亲之痛,以至于不敢敞开心房去爱自己的女儿吗?这简直疯了！如此疯狂的事情，怎么会等到维洛娜开口说出来她才终于醒悟呢？打从一开始，她就不应该把这位曾经称为姐妹的朋友赶出宫外……长久以来，她原本应该要有这位朋友的陪伴、建议与关爱。如果这些年来维洛娜都不曾离开，或许有很多憾事原本都可以避免。

王后发现内心激起一股消失已久的感觉。她觉得破碎的心突然间修复了。

"维洛娜，如果你能待得更久一点，我会非常开心。请告诉我，在你丈夫从战场上回来以前你都会留在这里。你太久不在我身边了，我不希望你这么快再次离去。"

"好的，当然好，殿下，我很乐意留在宫廷里陪伴您和白雪。"

"谢谢你，维洛娜。明天我们一起去森林里野餐如何？就像以前一样，只有我们三个人。"

"乐意之至，殿下。白雪一定也会很开心。"

"非常好。"王后答道，"我们就别带上蠢缇莉了。我这辈子从来没见过像她这么无能的人。"

王后大笑，维洛娜也跟着笑。但这已经是两股不同的笑声。王后的笑声充满权力和轻蔑，维洛娜则是不自在的强颜欢笑。

当晚王后回到房间以后,独自一人开始变得焦躁不安。她今天已经问过镜中奴隶了,但那时维洛娜还未返城。

她需要再次召唤他。

她需要知道答案。

她在漆黑的房间里跌跌撞撞走到魔镜前,召唤出镜中奴隶并问了相同的问题。

"王后殿下,现在宫中有了维洛娜,我无法判定谁是最美丽的人。"镜中奴隶说道。"你们俩的美丽相差无几。她的气质几乎快胜过您,但您的气质又将她压了下去。"

王后抑制住想将维洛娜驱逐出去……甚至是杀了她……的冲动。这股冲动非常强烈,但王后内心涌现另一股由友情与爱情锻造的往昔力量,让她得以加倍努力抵抗冲动。

她将窗户上的窗帘扯下来包住镜子,接着传唤马库斯的好友猎人亨茨曼。他或许是宫廷里最强壮的人了,肯定能轻而易举完成她要下达的任务。亨茨曼迅速赶来,王后将镜子推给他。

"把这东西拿去森林里深埋。不要留下任何记号,之后不管我怎么乞求你,你都千万不能告诉我你将它埋在哪……我再说一遍……千万不能告诉我你将它埋在哪!听清楚了吗?"

"听清楚了,王后殿下。"亨茨曼答道。

"不许跟任何人提及今晚的对话,也不许告诉任何人你将它藏在哪里。还有,你想怎么做都行,但就是不准偷看这块布里包了什么。如果你违背命令,就算想欺瞒我也是没有用的。"

"我绝不会欺瞒您,王后殿下。绝不。我只求您的恩惠。"亨茨曼说完后鞠躬离去。

王后站在窗户前看亨茨曼驾着双头马车离去,包裹住的魔镜放在车厢后头。亨茨曼消失在树林里,带走了王后自丧夫后就一直支撑她的东西;然而,那东西也因此变成王后最大的弱点。

第16章 折磨

维洛娜在宫廷里,对王后来说原本应该是莫大的安慰才对,然而王后却无法阻止自己一直分心去想魔镜埋藏的地点,因而备受困扰、心神不宁。

走火入魔成这样实在是太疯狂了。当然,只要她一声令下,亨茨曼只有服从。或许稍微好言好语一番,他就会透露埋藏地点。但,她甘心臣服在折磨之下,承认自己意志薄弱而无法不照镜子吗?再者,她愿意让亨茨曼也知道她的弱点吗?

接下来几天纯粹就只是痛苦。王后对魔镜如此着迷,就连做梦也会梦到,搞得她夜不成眠病态恹恹。每多一天没有魔镜的日子,她就病得更加严重……严重到她常常觉得自己命在旦夕。

她经常被同一场噩梦吓醒,这场梦占据了她不安宁的睡眠……

梦里，她在森林中发狂般地寻找魔镜。高耸的树林遮蔽了天空，她独自在黑暗中惊恐漫游。三姐妹也在场……就跟梦中其他事物一样，她们忽隐忽现，身形与外貌不断变化。王后总会走到一堆新翻出来的泥土旁，然后用赤裸的双手向下挖掘。为了找到那面镜子，她会不顾一切地挖掘，即便双手流血、身体虚弱、神志不清，直到时间尽头都不会停止。最后，她会挖到一块布，里面包裹着柔软潮湿的东西。她掀开布见到一颗心脏，心脏流血不止，鲜血滑过她的双手滴下。"妈妈？"有声音说道。说话的人是白雪，白雪变回小时候的模样站在一旁，小脸蛋上惊恐万分，心脏的部位不停流出鲜红的血，染红了身上穿的白色礼服。她面无血色，双眼凹陷呈现一片乌黑，皮肤变成死灰色，一脸责备的表情。三姐妹总在附近咯咯作响，发出毛骨悚然的笑声。王后想尖叫却发不出任何声音，恐惧使她瘫痪无力。

每天早上醒来时，她总是流满一身冷汗，为同一场或与此相类似的梦感到焦躁不安。这些梦让她浑身发抖与虚弱，久久不能自已。

她觉得自己被击败了。

一天晚上，她梦到三姐妹出现。"在……那里！"她们站在森林里叫道,在午夜时分的晦暗夜空下忽隐忽现,"就在……这里……挖出……魔镜……你的……奴隶……"她们叽叽喳喳窃笑,陶瓷娃娃般苍白的三张脸在月色下发出淡蓝色光芒。

那天早上醒来后,她发现床铺旁边地板上出现一包被沾满污泥的布包裹的东西。她的双手也沾满泥土,睡衣变得破烂不堪且满是泥块。

她认为自己肯定还在做梦。否则的话,难不成她真的在睡着的时候,梦游到森林里去找镜子了?无论如何,这是一个多星期以来她第一次感到精神抖擞、气力恢复,并找回了自我意识。她掀开那一大块布……她看到自己的倒影,倒影也看着她自己。王后趴倒在镜子上,像是离去的爱人归来般拥抱着它。

她的内心改变了。维洛娜说得对。她不再是多年前嫁给国王的那个女人了,她已经变成截然不同的人了。虽然她曾经为此感到害怕,但也因此获取了力量和权力。她再也不愿意与魔镜分开。她的生命乃至灵魂都依靠魔镜了。她把裹住镜子的布扯开,露出魔镜镜面。

"魔镜呀魔镜,谁是王国里最美丽的人?"

"您的美貌无与伦比,但维洛娜才是最美丽的人。"

"或许是吧，"王后露出邪恶的笑容说道，"那么，是时候送她上路了。"

第17章
另一次告别

第二天早上，王后和维洛娜在客厅里共进早餐时，亨茨曼带着白雪来到客厅里。白雪的工作服褴褛无比，比平时更脏更破旧，而且脸上伤痕累累。

"怎么回事？"王后着急地从座位上站起来，差点撞翻一壶茶。

"我骑的马受惊了，不受控制。"

亨茨曼打断白雪的话，"王后殿下，她骑的鲁瑞德是一匹新马。我警告过她这匹马还不适合载人，但她趁我外出打猎时骑了这匹马。"

王后怒不可遏："你可能会摔死啊，白雪！你到底在想什么，怎么会独自一人骑马？"白雪没有回答。

"你是独自一人，是不是？"

白雪低头看着自己的鞋子。

"你和他一起？在我明确禁止你跟他继续来往以后？"

白雪低着头默认。

"趁我动手打你之前滚出去，我都不能正眼看你了！"王后咆哮道。

白雪站在原地不动："他转述了你说过的话，母亲！你骗他，你怎么可以骗他说我不爱他？"

王后往白雪脸上甩了一巴掌。

维洛娜吓呆了。

"王后殿下，请住手！"维洛娜叫道。

王后像发怒的毒蛇一样猛地转头，对维洛娜呵斥道，"安静！"

白雪泪流满面，啜泣得无法说话。维洛娜走到她身旁抱住她。

"我简直不认识你了。"维洛娜语气严肃地对王后说，"你已经变成冷酷恶毒的女人，现在你身上哪还有半点从前那个我所挚爱的朋友的影子！"

"既然如此，那我把你驱逐出境你也没什么话好说了，亲爱的维洛娜。永远驱逐。虽然我也想将这无可救药的傻女孩跟你一起撵出去，但她得生活在这儿。这座城堡还用得着她，因为马厩从来没被打扫得如此干净过，就连茅厕也是第一次闻起来那么清爽。"王后讥讽道。

"殿下……"亨茨曼开口。

"闭嘴！否则你也落得一样的下场。"王后对他吼道。

白雪的脸埋在亨茨曼胸膛里啜泣着。他带白雪离开客厅，维洛娜紧随在后。接着维洛娜叫仆人收拾她的行李，在一一道别宫廷中久违的熟悉面孔后，她离开了城堡。

王后看着她离去，接着回到自己的房间。她走到镜子前，却又怕镜中奴隶的回应，因此无法开口呼叫奴隶。她无法忍受听到自己不是最美丽的人这种答案，至少今晚不行。于是她干脆上床睡觉。第二天早上醒来时，王后感到精力充沛。现在维洛娜已经远离宫廷了，她相信镜中奴隶能平复她的心情。

"墙上的魔镜，谁是王国里最美丽的人？"

"王后殿下，是您……"

王后感到不安。

"你的声音听起来有点犹豫，奴隶。告诉我怎么了？"王后说。

"您是最美丽的人，殿下。但别要求我指点您的心情。"

王后朝镜面上吐了口口水，猛甩斗篷怒气冲冲地离开房间，而镜中奴隶则消失在一团紫色迷雾中。

第18章 梦病

"给我看白雪!"

白雪独自一人在幽暗的森林中,惊慌失措地往城堡方向狂奔想回后母身边,后母肯定会下令处罚企图伤害她的亨茨曼,他不仅想伤害她,还编出一套谎言说什么想谋杀她的人不是别人,正是她后母。

"蠢女孩。"

森林动了起来,仿佛有了自我意识并且不怀好意。森林也想夺走白雪的性命,因为正是王后将怒火灌注进这些枯树里,让它们的枯枝得以像四肢一样活动。树枝如魔爪般捉住白雪,将她压倒在地上。枯枝紧紧掐着她的脖子,同时伸向她胸口想挖出她的心脏。亨茨曼完成不了的工作,森林会代替他完成。白雪眼里充满恐惧,哭喊道:"妈妈,救我!"王后顿时心软。枯树松开魔爪让白雪逃跑。

女孩逃进森林深处,而那里茂密的树林遮蔽整片天空。她置身于一片漆黑，四周亮起一双双险恶的眼睛盯着她看。白雪充满恐惧，孤独地在黑暗中狂奔，不晓得前方究竟是通往安全还是夺命之地。王后的魔法追不到白雪前往的地方……她消失在森林里，同时也消失在王后的世界里。

王后惊醒过来。她感到一阵冰寒，希望床铺可以更暖些。她接连几日都躺在床上，每天都只挤得出一点力气起床去照魔镜，行有余力的话偶尔会到窗口看看确保白雪在刷洗城堡，并确实回避那个游手好闲的王子。

即使从远处看，她也看得出白雪越变越美丽了。白雪和父亲一样，不只是外表漂亮，内心也很纯净。很快她就会变得比……不，王后不允许自己往那方面想。

她觉得好孤单。丈夫遗弃她，就连白雪也要离她而去了。不，刚刚发生的只不过是一场梦。真的只是梦吗？现在她生命里一切事物全乱了套……分不清梦境与现实、幻想与噩梦。她觉得自己已经脱离常人，变成完全陌生的东西。王后好奇父亲还活着的时候，是否也处于这样的状态？近几日，她在自己身上发现不少父亲的影子。

一天晚上，她醒来时发现睡衣满是湿汗，她感到虚弱，全身疼痛。她起身想往碗里倒水来擦擦身子，不过一下床就踩到东西。原来床边地板上有一摊血和血脚印，脚印的方向从床边走到房门外。王后拿起一把火炬，跟着血迹一路从城堡走到森林里。森林像是被大火烧过般焦黑，没有月光也不见星光。这里是被她的嫉妒与憎恨蹂躏过的死寂之地，她手中的火炬是唯一的光源。血脚印停在一棵枯树前方，爪子般的枯枝吊着一颗心脏，看起来像一颗流血的诡异果实，滴落在枝干上的鲜血在火光下闪闪发亮。王后呆若木鸡，感到空虚与孤独，心头被恐惧所笼罩。

"妈妈？"突如其来的声音吓了王后一跳。

她转身一看，看到白雪又变回小女孩的模样站在对面。白雪的脸比死人还要苍白，眼窝里一片黑洞，白色的衣服上满是鲜血："妈妈，我可以要回我的心吗？"

王后放声尖叫。她都干了些什么？

"殿下，请醒醒！您做噩梦了！"缇莉硬是将王后摇醒。

"我的女儿需要我。昨晚她来到这儿……她需要我！森林夺走了她的心脏！"

侍女不知所措地看着王后。

"不，王后殿下，白雪在庭院里，她很安全。"

"但地板上有血！你看，就在那里！"

"那应该是您夜里摔破什么东西，不小心踩到而流出来的血。殿下，您正生着病呢。"

"不，那是白雪的血。她昨晚来过这儿，我发誓！"

"殿下，请看看您的脚，不仅踩脏了还流着血。您生病了，请安心继续睡觉，多多休息一会儿。"

"退下吧，蠢姑娘。"

"可是，殿下，我得照顾您的……"

"我说退下！"

王后盯着房间地板上的血和碎玻璃。白雪昨晚来这里找她……她百分之百确定！那个孤独的小女孩在寻找失去的心。尽管王后过去几天一直在睡觉，她却精疲力竭得再次陷入昏睡。

"如果你想活下去并重拾美貌，就必须要杀了白雪。"

那她宁可放弃魔镜，任由自己自生自灭。

"女儿呀，只要白雪还活着，你就求生不得、求死不能。你将苟延残喘到年老色衰，灵魂随肉体腐坏，身躯终将成为一具空壳；所有人都会用既同情又反感的眼神望着你。届时你会寄望于死亡；但就算等到你被埋葬在土里，灵魂也无法获得解放。镜子的魔法……三姐妹的魔咒……将使你即便在黑暗中也依然活着。你会渴望死亡，想要主动寻求死亡的方法，但你的身体却动弹不得。你将孤独且痛苦地困在自己体内。"

"你为什么要这么做？"

"打从你出生那天起，我就一直憎恨你。"

"所以这一切都是谎言吗？为什么？"

"为了复仇。为了你母亲的死。也为了我破碎的灵魂。"

王后再次醒来，父亲在梦中说过的话言犹在耳。她想起在谈到逝去的丈夫时，她似乎也对维洛娜说过类似的话。她高烧不退，脑中一片混乱。为什么这些想法会侵入内心？王后试图抵抗这些胡思乱想，但还是忍不住觉得自己将生命浪费在一些空洞的愿望上，也浪费在从未爱过自己的父亲身上。不仅如此，现在她还被迫要杀掉自己的女儿才行。

不，刚刚那只是梦境，魔镜无法威胁她。

她神志不清，分不清楚现实与噩梦，而且无法保持清醒，再次落入狂热梦境……

她看着魔镜说："我跟你很像，父亲。我也遗弃了女儿。我唾弃她的美丽。"

"你一直以来都很像我。部分的我存在于你心中，你同时也是我的血亲。我们被血缘关系与魔镜束缚在一起。你体内有我部分的灵魂。"

"你的灵魂是属于我们的。"三姐妹的声音突然出现，"如果她体内有你的灵魂，那么她也是属于我们的，就如同你的妻子也是属于我们的！"

"我不属于任何人！"王后叫道。

三姐妹哈哈大笑，声音逐渐消失。

王后跟跄走出房间，麻木地走在一条小路上，那条路是她以前陪小白雪散步时常走的路。她走了很久很久，走到比预期还遥远的地方。她又回到焦林了。焦林里所有一切都被烧得焦黑，四处散发刺鼻的硫黄味。是她烧毁了这里。她心中的仇恨与恐惧不仅摧毁了这座森林，也摧毁了她整个人生。现在她一无所有了。从眼角的余光中，她注意到这块不毛之地突然出现一个又红又绿的东西。是一个色泽鲜艳的苹果挂在枯树上。她很讶异怎么现在才注意到那颗苹果……明明那个苹果在这死寂的焦林里如此显眼且格格不入。不知道为什么，那个苹果给她带来希望。王后从枯树上摘下那个饱满的苹果并放进便衣口袋里，接着将披肩套到头上，走向森林深处的一间小屋。

王后从发烧狂热的梦境中苏醒时,缇莉正在她额头上敷凉毛巾。

"我需要一点吃的。我要……一个苹果。"王后干燥的嘴唇喃喃低语。

缇莉将替换用的毛巾放进一盆冰凉玫瑰水中。

"您一直在做梦,王后殿下。"她说道,"白雪正在房门外,想探望您。"

王后原本想将白雪赶走,但突然又改变心意。

"好,让她进来吧。"

缇莉向守在门口的侍从点头示意,开门让白雪进入房间。白雪非常美丽。她走到哪儿,太阳似乎就跟到哪儿。破旧衣服穿在她身上形成强烈对比,反而突显了她的美丽。白雪是多么年轻,多么甜美,多么美丽。

"看到你病得这么厉害,我很难过,母亲。有什么事情是我可以为你做的吗?"

"有。可以请你帮我找一个苹果吗?一个最红最亮的苹果?"王后问道,缇莉继续擦拭她的额头。

白雪和一脸疲惫的缇莉交换了一下目光。

"好的,母亲,如果你想要的话,我这就去为你摘个苹果回来。"白雪说。

"谢谢你,小宝贝。"王后答道,接着又陷入现实与梦境交错的状态。

王后来到一棵长满苔藓的大树下,她知道这里的树根能够让人沉睡,因为这种树根都扎根在阴暗潮湿的地下。她找了找,感应到有个地方特别阴寒险恶,便向下挖掘。果不其然,她要找的树根就在那里。王后掏出匕首割开树根,她的双手沾满树脂,令人联想到鲜血。她觉得自己很邪恶……有股寒意涌上心头。究竟是什么原因促使她做出这种卑鄙龌龊的行为?她将树脂涂抹在苹果上。只要白雪咬下一口就会陷入死亡般的沉睡。或许王后也应该咬一口,那么她就能和女儿一起永眠,再也不用担心自己会伤害她。

她穿越森林来到林中一片空地,三姐妹也在那里。

"所以……"

"你找到……"

"毒苹果了吗?"

接着,三姐妹挽住王后的手臂将她拉到空地另一头。魔镜就摆在那里,露辛达牵着王后站到镜子前,玛莎和鲁比则各自站在两侧呆呆看着王后的倒影。

王后的脸……美丽的脸……松垮下来,变得满脸都是皱纹和赘疣。她还能闻到从自己一口烂牙中吐出的气味有多臭。她变成了老太婆……令人厌恶的卑鄙老巫婆。

她离开三姐妹时,她们一直在后头捧腹大笑。王后跑不太动,因为新的身体驼背很严重。

她在森林里跑呀跑,尽量能跑多快就跑多快。最后王后终于抵达一间小木屋。白雪就在那里头,但即使是白雪,现在也不可能认得出这个老太婆是谁。

那个女孩……该说是女人了……非常漂亮。但有些不大对劲,白雪不像平时那么有活力,看来她内心似乎发生过什么变化。接着王后突然理解发生什么事了:她早就夺走了白雪的心。不是肉体的心脏,因为白雪还活得好好的;王后夺走的是心灵,就在她对自己的女儿弃而不顾时,她早就夺走了白雪的心。白雪正在和野生动物说话,小木屋里里外外似乎满是野生动物。王后好奇这些苦难是否让白雪精神失常了?这个念头教她心碎。王后好奇,在这种情况下……她变成老太婆,而白雪则因为恐惧和悲伤而变得疯癫……那个女孩还有可能认得出她是谁吗?不知道是什么原因,她从白雪的双眼中得出了肯定的答案。

但,这是不可能的。

一只小鸟站到白雪手背上,白雪对眼前的老妇人露出微笑。白雪又变得像是个小孩子了。一个漂亮的女孩。一个美丽的女人。没错，比王后更美丽。

"你好，亲爱的，今天过得好吗？"

白雪站着不动，仿佛被催眠般呆若木鸡地直盯着她看。"我有礼物要送你，小甜心。"王后一边说，一边将苹果伸向她女儿。白雪收下苹果，仍目不转睛看着母亲的双眼。

白雪心不在焉地咬下苹果，接着就倒在地上，手里还握着苹果。就在她闭上双眼以前，她说："但我的愿望早就实现了，妈妈。我就知道你会来找我。我爱你……"

王后弯下腰来亲吻女儿的脸颊，在她耳边低声说道："我也爱你，小宝贝。我好爱好爱你。"

第 19 章 走火入魔

王后起床后,觉得很久没有这么神清气爽了。她感到有活力与力量,并因此自信满满。没错,她做的梦确实说明了她内心充满矛盾并且一度迷失自我。但,有关白雪的梦中记忆仍残留在她脑海挥之不去……病态的、苍白的、行尸走肉般的白雪。不过,那些梦境画面并没有让王后因此感到温馨,想立刻跑去拥抱女儿并庆幸女儿还活着;相反,那些梦境画面反而给王后新的想法。

一个双眼空洞又没有心的孩子,怎么可能比得上王后的美丽呢?

她开始纳闷,自己怎么会为了这种无聊又多愁善感的问题感到苦恼。肯定是因为她之前生病了,就这么简单。接连几天都卧床不起的王后第一次爬下床,她打开窗帘看到白雪正穿着破旧的工作服,在白雪最近开始称之为许愿井的石井附近刷刷洗洗。她很美,这没话说。但远远比不上王后的美。

王后叫仆人放好洗澡水，洗完澡后她整个人容光焕发，并换上最好的礼服。她将皇冠整整齐齐地戴在套了头罩的乌黑秀发上，接着披上她最喜欢的黑斗篷紫披肩，用一条镶金红宝石吊坠将它们和礼服系住。

她照了照魔镜，露出满意的笑容。说真的，她从来没有这么美过。

"魔镜中的奴隶，"她开口说道，"快从远方而来，在狂风黑暗中我召唤你……说话吧！现身在我面前！"

镜子里冒出火焰，熄灭后出现了镜中奴隶的脸。

"您想知道什么，王后殿下？"

"墙上的魔镜呀，谁是这个王国里最美丽的人？"

"殿下的美貌举世闻名，但等等！我看见一位漂亮的姑娘！衣衫褴褛遮不住她的娴静高雅……真遗憾，她比您还美丽。"奴隶说。

"该死的女人！"王后大发雷霆叫道。这女人究竟是谁？"告诉我她的名字！"王后喝令道。

"她的双唇红如玫瑰，发色黑如乌木，皮肤白皙如雪……"

王后感到一阵眩晕。房间摇摇晃晃，差点站不住脚。

她惊恐地紧握胸针。

"白雪!"她说。

她立刻走到窗边。白雪仍然在石井旁边的楼梯上刷洗阶梯。她一边打扫一边唱歌并踩着轻快的舞步,王后对白雪突然感到一股近乎憎恨的情绪。看来,似乎没什么事情能让白雪感到挫折。这女孩怎么能够从失去父亲的悲痛中恢复得这么好呢?难道她不记得他们一家三口曾经历过的种种幸福时光了吗?她怎么还能够露出发自内心的笑容并欢唱?

更过分的是,还能够谈情说爱?

王后注意到那名年轻的王子悄悄走到白雪身旁。白雪吓了一跳,赶紧跑回城堡里。由于王后已经警告过她不准再跟男孩子来往,因此她逃离王子身边无疑是担心触怒王后。王后对此感到满意,但王子紧接着开始唱令她作呕的情歌,而白雪则出现在阳台上与王子合唱。这女孩不仅超越王后变成王国里最美丽的人,并且还堕入情网。这对她死去的父王以及对王后来说是何等的侮辱!

王后猛拉上窗帘,转身讶异地发现三姐妹不知道什么时候出现在她房间内。

"你们三个!你们是怎么进来的?"

"我们自有方法，殿下……"露辛达开口说。

"而你也有你自己的方法。"鲁比把话说完。

"你们想要什么？"王后语气凶狠地问。

"你的问题应该是……"玛莎开口说。

"你想要的是什么吧？"露辛达说完。

"亲爱的，我想你们早就知道答案了。"王后说。

三姐妹你一言我一语，接龙般说道。

"力量在你手里，殿下……而你要的答案就在……很久以前我们留下来的……探讨黑魔法……探讨魔药学……以及探讨易容术的书籍里。如果你还记得那些书放在哪里……你就能得到你要的解答……毕竟……你拥有女巫的血脉……因此力量不只存在于书中……也存在于你的血液里……就跟……你母亲一样。"

"骗子！"王后破口大骂，将一个精致花瓶扔向三姐妹。

"哎哟我的天。"露辛达开口。

"你发脾气了。"玛莎接口说。

"不过依照目前的情况来看，发脾气反而好。"露辛达说。

"因为呢，还有一个更简单的方法可以让你重新变回最美丽的人。"鲁比接着说。

"什么方法?"王后的语气十分怀疑。

"杀了那女孩。"三姐妹异口同声说,接着发出一贯病态的咯咯笑声。

"杀了白雪?你们疯了!"虽然王后嘴上这么说,但心底其实也已经开始在盘算如何置白雪于死地。

三姐妹继续窃笑:"疯不疯不是你说了算,王后。这是唯一的方法。她要不是死在你手下,要不就死在其他人手里。难道你不想再次变回父亲眼中的心肝宝贝吗?你不想听到镜中奴隶说你才是最美丽的人吗?"

"当然想,但……"

"马库斯的朋友,猎人亨茨曼。命令他……"露辛达开口。

"下手。"鲁比接口说,"这么一来,你就能代替你丈夫……"

"教训这个和其他王室成员搞在一起,并玷污你们一家三口幸福回忆的不孝女。到时你就能名正言顺地……"

"重新登上王国里最美丽之人的宝座。"

三姐妹再次爆发出咯咯笑声。

王后摇摇头。虽然表面上她看不认同三姐妹,实际上正在天人交战中。

"看来你似乎……"露辛达开口。

"需要一点帮助。"鲁比接着说。

玛莎拿起她的袋子,从里面拿出一只空茶杯。

露辛达说:"金属与铁矿,不再有良善。"

说完后她弯下腰往茶杯里吐了口口水。

"爱与温柔不翼而飞;而我心与你出入相随。"鲁比靠在玛莎的肩膀上说道,说完也往茶杯里吐了口口水。

"在痛苦结束之后,成为支配的王后。"玛莎将茶杯举到干瘪的嘴唇边说道,随后也往杯里呸了一口。

接着三姐妹轮流在杯子上挥舞手指,当王后再次看到茶杯时,杯子里已经装满热气腾腾的液体。

"喝吧。"露辛达说。

王后的表情充满怀疑,但仍接过茶杯。如果这杯东西的效果和它的咒语内容一样,能使她变得更加强大的话,那她很乐意喝下去。

当那杯茶从喉咙流入体内时,她感到一股难以置信的怒火在体内爆发。但那是一种相当奇特的愤怒,她甚至觉得这股怒火强烈到可以具体化为武器来挥舞。王后长期以来一直在抵抗心中另一个自我,而现在另一个自我全面掌控了她的身体。她喜欢这种感觉。

"姐妹们……"王后的语气充满邪恶,"你们可以退下了。立即走人。否则我就要剥了你们的皮,把内脏挂在城墙外的树上,再把剩下的尸块丢进护城河里喂鱼。"

露辛达露出阴森的笑容,鲁比和玛莎也接着露出同样表情。

"有需要的话欢迎随时找我们,亲爱的。"露辛达说。说完三姐妹就神秘地消失无踪了。

第20章 猎人亨茨曼

"亨茨曼回来了没?"王后把缇莉叫进房间里问道。

"还没,殿下。不过已经快中午了,我想他差不多也该回来了。"缇莉答道。

"他一回到城里就叫他来见我,告诉他不用费心打扮。我知道打猎结束后他会想要先打理一下自己再来见我,不过现在最要紧的是我要立刻见到他。"

"遵命,王后殿下。"

缇莉带着命令退出房间。王后紧张得食不下咽。她很想现在就回到魔镜前,问谁是最美丽的人,然后听父亲回答说最美丽的人是王后,但她知道现在问的话,答案不会是自己。如果再次听到最美丽的人是白雪的话,她的心会被碾成尘土。她来回踱步,着急等待。用不了多久,她就会再次成为王国里最美丽的人……只要等到白雪死掉以后。时间过得很慢,她抬头看壁炉两侧的半兽女雕像,她想象自己如果能变成一只巨龙,就能够轻而易举地亲自杀了白雪……要是她的魔力有那么强大就好了。

最后她坐到自己的宝座上等待亨茨曼出现。

房门外传来一阵敲门声。

"进来!"她说道。

亨茨曼进来了。如今他已变得一脸粗犷,满头大汗,额头还沾着一些泥土。

"您找我吗,王后殿下?"

"没错。我要你带白雪出门一趟。带她到森林深处,找一片隐蔽的空地让她采野花……"

"是的,殿下。"亨茨曼答道。

"接着呢,我的忠臣亨茨曼,我要你在那里杀了她。"王后说。

"但,殿下!她还只是个小公主呀!"亨茨曼恳求道。

"住口!胆敢反抗的话,你知道会受到什么惩罚吧!"王后说。

"是的,殿下。"亨茨曼低下头看着地板。那孩子横竖都是死命一条……但现在倘若拒绝就是他先被处死。最糟糕的情况是,他的家人可能会因此被株连。

王后继续说:"为了证明你不会失败,把她的心装在这个盒子里带回来。"

王后举起一个雕工细腻的木盒并推到亨茨曼面前。这精美的盒子是以心脏为锁、以剑为钥匙的木盒。如果要说明王后究竟改变有多大，曾经珍惜的事物如今在她眼里是如何视如草芥，那么最好的证明就是，她甚至不记得这个木盒是国王第一任妻子的嫁妆，里面曾装满白雪的亲生母亲所写的信。

"不要让我失望！"王后命令道。

"我不会辜负您的期待，王后殿下。"

亨茨曼离开房间，邪恶的王后站在窗边看着他带着开心的白雪离去。王后邪恶地咧嘴一笑。开始静候佳音。

王后在房间里来回踱步许久。她想要照魔镜，但又不想太早行动。她无法承受再次听到最美丽的人不是她这个回答。

夜色已晚，亨茨曼还没回来。她担心亨茨曼临阵脱逃，带着那孩子远走高飞。不过就在此时，邪恶的王后听到一阵敲门声。

亨茨曼面色如土地站在门口，将盒子交给王后。他遵守王后的命令，将白雪的心脏放在盒子里带回来了。王后感到异常兴奋。过去的恐惧和软弱这次没有扰乱她的思绪，也丝毫没有影响这愉悦的情绪。杀掉那个女孩的决定是正确的。这对王后全家人来说都是件好事。她觉得如释重负。更重要的是，她现在又变回王国里最美丽的人了。

"辛苦了，忠诚的仆人，我保证会重赏你的。你可以走了。"王后说。

亨茨曼一语不发离去，王后则直奔魔镜。她等这一刻等好久了。

"墙上的魔镜呀，现在谁才是王国里最美丽的人？"她嘴角得意地往上扬，手里拿着装着心脏的盒子。

镜中奴隶出现并开口说道："翻越七座宝石山，渡过七道瀑布后，住在七个小矮人木屋里的白雪……是最美丽的人。"

王后忍不住露出邪恶的微笑。

"白雪已经死在森林里了。亨茨曼也带回了证据。你瞧，这可是她的心脏！"

王后将盒子打开，举到魔镜面前。

"白雪还活着。"奴隶说，"她才是最美丽的人。您手上拿着的，只不过是猪的心脏。"

"猪的心脏！我被耍了！"王后说。

王后勃然大怒，城堡顿时天摇地动，底下的仆人们差点以为城堡要垮下来了。她冲下楼梯,穿越前门,来到庭院的马厩中,亨茨曼正从马背上卸下马鞍。

"你没有杀她!"

"我下不了手,殿下。对不起,但我担心如果我真的遵照您的命令杀了她,您可能会后悔做出这个决定。"

"你犯了严重的错误。"王后从腰间掏出匕首,刺进他的肚子并使劲扭转一下。当匕首抽出来以后,亨茨曼旋即倒在地上,鲜血顺着匕首滴落下来。他的血很温热。王后看了看自己的双手,接着又看了看倒在马厩地板上痛苦扭动的男人。她想着,应该要再多刺一刀了结他的生命,但此时刀尖上的血滴吸引住她的目光。又红又亮。

闪闪发光。

就像一个苹果。

第21章 老妇人与苹果

王后径直走向地牢,对身边任何人都视若无睹,愤怒助长了王后至高无上的气势。她沿着螺旋状石梯往下走,走得越深入地牢就显得越黑暗。最底层是她的专属房间,三姐妹的书全放在那里,那里同时也是她平时练习黑魔法的地方。王后砰的一声甩上牢门。

"猪心!这愚蠢的混蛋!"王后咬牙切齿地说。

几个月前飞来的乌鸦还留在这里,正栖息在古怪三姐妹的魔法书旁一颗骷髅头上。当王后暴跳如雷地冲进地牢房间里时,它被吓得拍动了一下翅膀。

王后决定如果真的要置白雪于死地,就必须亲自动手才行。但她闻名天下,得想办法翻越七座宝石山,渡过七道瀑布到白雪身边而不被任何人发现。她快步走到书架前,看看三姐妹留下来的各种魔法书……黑魔法、巫术、炼金术、魔药学……易容术。

她抽出其中一本满是灰尘的旧书,放到桌上摊开看。她打算将自己雍容华贵的外表变形成沿街叫卖的老妇人。王后不耐烦地翻着斑驳破旧的书页,直到她看到其中一页写着"小贩伪装"。

王后准备好烧杯并烧开药水。然后仔细按照药剂配方,先加一小撮能让人变老的木乃伊粉,接着再依序加入可以改变服装、使声音变老、把头发变白的成分。

药水配好后,将其倒入水晶高脚杯中,再把杯子举到地牢窗口,召唤来狂风与闪电混合杯中药水。混合结束后,她一饮而尽。

这是她第一次做出这么强力的药水……因此接下来的感觉也都是初次体验。房间开始天旋地转,王后以为自己快死了。周围变成五颜六色的旋涡,围绕着她旋转。她紧掐喉咙,觉得喉头一阵紧缩。然后双手开始刺痛起来。她高举双手,看着自己的手开始变形,萎缩成消瘦苍老的手,并长出如爪般的指甲。

她的喉咙变得灼热。"我的声音!"她发出的声音又粗又哑,不再有威严。

过了一会儿,那股奇怪的感觉消退下去。她看到一只擦拭干净的烧杯上倒映出自己的外表,她变成一名憔悴的老妇人了……长得很像她曾经梦过的老妇人。下巴很尖，鹰钩鼻上长出一颗疣，眉毛变得粗黑浓密。她粗糙苍黄的头发，被从牢窗吹进来的风吹打在脸上。

就连她的衣服也跟着变了。她穿的不再是高贵礼服，而是一件黑色粗布衣，布衣上还有一顶可遮住粗糙头发的兜帽。现在的她跟变身之前的她是截然不同的两个人。易容术很完美。

王后忍不住笑了起来。接下来，她要想想怎么样给最美丽的人最独特的死法。究竟是什么样的死法呢？她摸一摸布衣，发现口袋里还装着之前白雪摘给她的苹果。毒苹果！王后想起一件往事：白雪小时候曾经说过，三姐妹在她面前提到被施了魔法的水果。

她快速翻阅三姐妹的魔药书，最后终于找到了。只要咬下一口毒苹果，受害者就会陷入永眠状态的魔咒。王后将储藏在地牢里的瓶瓶罐罐都翻出来，往大锅里倒入适量臭鼬汤，再加进其余配方……主要都是些毛地黄和乌头草之类的普通药材……除了森林里可采得的草药以外，还得加入少许只能在停尸间找到的东西作为配料。

没多久，她的大锅便开始冒出灰绿色气泡。王后笑着仔细端详手上的苹果，接着在苹果茎上绑了一根细绳，以便能将整颗苹果浸泡到毒药里而不会碰到致命毒药。根据书上所写步骤，现在只要将苹果浸泡到锅里并朗诵一段咒文就完成了。

"将苹果浸至浓浓汁液，愿永眠睡意涓涓渗漉！"她吟诵咒文。

她一边吟诵一边将苹果浸至锅底。苹果一入锅，灰绿色的液体便滚滚翻腾转变成苍蓝色，苹果立即变成黑色。王后将黑苹果捞出来时，缓缓滴落的青蓝毒药在苹果上浮现不祥的记号……骷髅头图像。这表示魔咒成功了，就跟三姐妹的魔药书上写的一样。最后，她只需要再朗诵一段咒文，魔咒就大功告成了："现在化为垂涎三尺的红色来诱惑白雪……让她渴望咬下一口难逃死劫！"

黑苹果立刻变成王后见过色泽最鲜美的红苹果。她仰头疯狂大笑，现在一切准备就绪了。但她突然感到犹豫……万一出现解药该怎么办？王后赶紧翻遍书本每一页。没错，果然有解除魔咒的方法……唯有真爱的初吻能唤醒受永眠诅咒的人。王后稍感气馁与气愤。毕竟，那名王子可能会四处寻找白雪。万一他真的找到白雪的遗体并悲伤地跟她吻别，那么她就会苏醒。不过王后马上就把这个可能性排除在外。这种事根本就不可能发生。首先，白雪和七个小矮人住在遥远的森林里；其次，等小矮人发现她的遗体时，肯定会以为她已经死透了，因此他们下一步当然就是将那名女孩……

王后放声大笑，吓坏了地牢里的乌鸦。

邪恶的王后只剩一件事要做——将苹果送到白雪手中。

很快，她就能再次成为王国里最美丽的人。

第22章 老婆婆、空地与小木屋

王后将毒苹果放入装满其他苹果的篮子里，只有毒苹果是红色的。这么一来等到时机成熟时，她就能立即辨识出哪个是毒苹果。她收拾好篮子，拉起地板上一道暗门，走进通往地下通道的秘密楼梯，也就是很久以前在城堡遭到敌人袭击时，国王曾带着王后与白雪在神不知鬼不觉的情况下让她们逃离城堡的秘密通道。

　　她跳上小船，顺着河流划出护城墙外，最后划到森林周围的沼泽地。

　　此时夜深人静，她敢说没有人发现王后不见了……她想着，这证明了城堡守卫的工作表现十分懈怠。

　　王后悄悄穿越沼泽地并溜进森林里，朝着七座宝石山前进。但她的新身体不仅严重驼背，各个关节也都很疼痛，因此要在高低不平的地面上行走并不轻松，她常常需要停下脚步休息才能继续前进。

接着她走到森林中一块空地，微微的月光穿过云层缝隙照射在这块空地上。

"终于要亲自动手了吗？"一个声音说道。

"谁在那里？"王后用她还不习惯的古怪声音问道。

三个人影从暗处走到月光下。

"你们！"王后倒抽一口气。

"你选择了……正确的……道路。"三姐妹说。

邪恶的王后把她们推开，一瘸一拐继续走向森林深处。她需要的东西都到手了……无论是三姐妹的魔咒还是魔药。因此对她来说，她们已经没有任何用处了。

"祝你一路顺风。"她继续朝七座宝石山跋涉，三姐妹则在她背后喊道。

直到天亮以后，她才终于走到第一座宝石山。她听着瀑布的流水声，顺着声音寻找路径。夜里，她小心翼翼避开各种野兽。为了渡过奔腾的河流，她不得不以老弱的身躯冒险走过许多独木桥。但她想杀死白雪的决心无比坚定，这股决心使她成功抵达第七座宝石山。七个小矮人的小木屋就在不远处，而小木屋里住着……白雪。

王后尽可能站到山顶最高处眺望，她注意到山脚下有条小径通往森林里。而森林某处升起一股炊烟，她怀疑那附近应该就是小径尽头。

王后仰起头来疯狂大笑,接着便爬下山坡沿着那条小径走。

她的努力很快就获得回报。王后躲在一棵树后面观察小木屋。等着等着,屋子的门终于打开了,镜中奴隶提过的小矮人似乎准备要去矿坑里开始挖矿。

然后她看见了……白雪!

那女孩走到门口,目送每位小矮人离开。王后感到一阵厌恶,心里充满怨恨与敌意。黑玛瑙般的秀发、犹如红宝石的双唇、白嫩似雪的肌肤,以及与黄金一样贵重的善良之心……呸!王后可不会上当。白雪是自私的丫头,除了不在乎与父亲生前的点点滴滴之外,现在还打算夺走她母亲在这世上仅存的慰藉——美丽。

王后看着七个小矮人离开屋子。阳光穿过站满鸟儿的树枝,从枝头空隙洒落下来。白雪走到庭园,将面包撕成碎屑喂食小鸟。躲在树后的王后暗中窥探:她鹰爪般的手指紧紧抓住身边一根矮树枝,将指甲刺进树皮里发出刺耳的刮擦声,心里想着要是刮的是白雪的血肉该有多痛快。

"真是一点儿都没变。"她用粗哑的新声音自言自语道。

她一直等白雪回小木屋后才开始行动。透过窗户,可以看见白雪正开心地做水果派。

王后出其不意地将头探进敞开的窗口。

"一个人看家吗，乖宝贝？"她问。

白雪被突然冒出来的老妇人给吓到，停下手边的工作。

"是、是呀，但……"甜美的女孩答道。

"那几个小矮人不在家吗？"王后问。

"他们不在。"白雪答。

王后倾身向前，嗅了嗅屋子。

"在做派呀？"她问。

"嗯，是醋栗派。"

多甜美。

多讨厌。

该送她上路了。

"只有苹果派才能让男人口水直流。"王后说道，"尤其是用这种苹果做的派！"

王后从篮子里拿出鲜红的苹果给白雪看。那女孩犹豫不决，但王后使出浑身解数试图说服白雪咬一口看看。白雪看那个苹果看得十分着迷，不知不觉伸出手接过并放到嘴前。

接着，王后突然被一群疑似蝙蝠的动物攻击了，但不可能是蝙蝠……现在才上午。她感到那些动物正在啄她，用翅膀拍打她，爪子抓伤她的皮肤，凶狠的喙子贪婪地伸向她的双眼。一根根羽毛落在她身上。

是小鸟！

成群的小鸟攻击着王后。她挥舞手臂阻挡它们，一不小心将苹果掉落到地上。

白雪赶紧跑到屋外帮她把那群小鸟赶走。王后迅速捡起苹果，检查它是否完好无缺。白雪走到王后身边向她致歉，而王后则趁机表示心脏受到惊吓，需要进屋子里坐下来休息才行。

白雪带王后进入屋子以后，赶紧走到屋子另一头为王后取杯水。正当白雪取水时，王后从衣服里掏出苹果开始做下一步打算。接着意想不到的事情发生了……她无法对这个小宝贝下手。王后的心隐隐作痛。

软弱。

把软弱的情感压下去！

她将软弱连同悲伤一起埋进内心深处，把注意力集中到眼前的工作上。

"既然你对我这个老奶奶那么友善，我就告诉你一个秘密吧。这苹果可不是普通的苹果，而是能够实现愿望的神奇苹果哟。"王后说。

"能够实现愿望的苹果?"白雪问道。

王后站起身来走向白雪,将苹果举到她面前。

"对呀!只要咬下一口,你所有的梦想都会成真。"

"真的吗?"

王后越靠越近。

"真的。你只要先许个愿,然后咬一口看看……"

王后手上拿着苹果朝她步步逼近,白雪一脸不安并开始倒退。

"你心里一定有渴望的东西吧。比如,有个心爱的人?"王后问。

"是有这么一个人没错……"白雪答道。

"啊!我就知道,我就知道!"王后笑着说,"老奶奶最懂少女心了。现在,亲爱的,拿好苹果然后开始许愿吧。"

王后将苹果塞到白雪手上。白雪仔细看着苹果,王后则微笑点头表示鼓励。

于是女孩开始许愿。她希望自己也拥有王后曾拥有过的……爱情的种种。她希望英俊的王子骑马而来,带她回到他的城堡并娶她为妻。最后她还许了个愿,王后一听就知道那是自己永远也得不到的东西：从此过着幸福快乐的生活。

王后看着白雪许完愿，满心期待地搓着双手。

"吃吧！趁愿望还在心头上！"她催促道。

接着白雪就在她这辈子看过最漂亮也最饱满的苹果上咬下一口。

"哦，感觉好奇怪。"白雪说。

王后满怀期待等着看药效发作。白雪开始摇摇晃晃。王后不断搓揉双手，上下摆动着身子……她在等待。等待自己再次成为王国里最美丽的人。最后，白雪终于倒地不起，咬了一口的苹果从她手中滚了出来，邪恶的坏王后发出一阵响彻云霄的狂笑，笑声几乎贯穿整座王国。天空响起巨雷的轰隆声，就像是在回应王后一样，同时下起倾盆大雨。

第 23 章

悬崖

白雪倒在王后脚边，伪装成老妇人的王后咯咯笑着。她觉得自己应该要感到欢欣若狂、充满活力与喜悦才对。然而，她只感到虚弱。长途跋涉让人疲惫不堪。要是她能摆脱这副衰老的身体就好了！用这副身体不知道要花多久才能回到城堡。她满脑子只想赶快回去问魔镜，现在谁是王国里最美丽的人。

不过她当时没有费心去看解除小贩伪装的药水需要什么材料。算了，反正三姐妹留下来的旧箱子里肯定有材料。

"抱歉，王后殿下。"三姐妹其中一人的声音突然出现，却四处见不到人影。

"但伪装无药可解。"另一个声音说道，接着各处响起三姐妹的古怪笑声。

恐慌。

"无药可解！难道无法解除伪装吗？不可能，一定有其他方法！"她在脑海里飞快翻阅那本魔药书，她心跳加速，双手止不住颤抖；她的心脏就跟老妇人一样脆弱，不得不再次坐下来休息。

"冷静点。"她对自己说。

王后头晕目眩，上气不接下气。"到头来一切都白费功夫！"她感到一阵麻木。她无法以这副模样面对镜子里的父亲：又老又丑，一无是处。她现在唯一能做的事，就是歇斯底里地大笑。她这一天和这一生都太荒谬太可笑了。她究竟是怎么走到这一步的？王后忍不住大声嘲笑自己，同时走出去淋雨。或许大雨能让她清醒点并且带来一些启发，使她能脱胎换骨。

她恨自己的父亲，最后却变得跟他一样。无情、邪恶、残忍。她白白毁了自己的人生。像她这样的人，永远不可能是最美丽的人。到头来竟是一场空！她杀了自己的宝贝女儿，却什么也没得到。她头痛欲裂，内疚感和懊悔让她惊慌失措。但亲手毁了白雪的人生和亲手毁了自己的人生，究竟哪个最令她懊恼？

就在此时，小矮人突然出现在不远处，他们似乎已经知道发生什么事了，大声喊着要向王后索命。王后因此停下多愁善感的沉思，再次变得邪恶……先保命要紧。

她赶紧跑起来。小矮人近看之下和她在远处看到的完全不一样。他们的脸孔因愤怒而扭曲,他们知道为什么她会在这儿,也知道她做了什么事;看来小矮人似乎具有专属于他们的魔法。

王后惊恐逃离他们,她心跳加快,全身充满恐惧。虽然她的身体现在很衰弱,不过由于步伐比小矮人大,因此即便是在大雨中奔跑,她也能甩开一段距离。

但小矮人丝毫没有放慢脚步,他们把她追进了森林里。尽管如此,她仍然还是跑得比较快。

接着她跑到一个分岔路口。其中一条通往悬崖,悬崖上有块巨石;另一条则通往森林更深处。如果她跑进森林更深处,也许会在树林里迷路;如果她跑到悬崖上,则会被困住。

这时三姐妹的声音再次出现。

"王后殿下,我们敢保证,如果走那条被巨石挡住的路,您将必死无疑。"

王后从没听过三姐妹说话如此严肃,一点笑声都没有。

"我们恳求您走通往森林深处的路。那里很安全。我们会去找您,并解除您身上的易容术。请原谅我们不诚实的行为……"

王后思考了一下她的选项。森林……安全的避难处，重获新生的机会。

但那会是什么样的生活？她回想起在石井旁初遇国王的那天。她还记得国王牵起她的手时，他的手多么温暖……从来没有人如此温柔地抚摸过她，从未有人如此爱过她……从来没有。婚礼当天的回忆浮上心头，她当时感受到的喜悦仍谨记在心，除此之外，王国里每个角落……不，整块土地都为她的婚礼散发着欢乐气息。

然后还有白雪……啊，她好爱那孩子。虽然是继女，但她就像爱自己的亲生女儿一样爱她。白雪是多么漂亮纯真，多么早熟的孩子。白雪不但深爱国王，而且在国王去世后，为了不辜负他们的回忆，她纪念父亲的方式甚至是勉励自己继续过充实的人生。白雪才是真正美丽的人，反观轻易弃言的王后，放任痛苦、虚荣而自暴自弃。王后想起当她告诉白雪国王去世的消息时，她紧紧抱着白雪……还有苹果花节、与维洛娜共度的时光、跟大家一起野餐的日子，以及一家人在客厅里吃早餐等往事。

王后曾经前途无量……拥有把世界变得更美好的力量。然而她却选择弃明投暗，对其他生存方式视若无睹。

小矮人追了上来。三姐妹的声音再次消失不见。

乌云用雨水拍打她,天空朝她的方向降下一道道雷鞭,王后瞥了一眼悬崖。她抬起头,知道自己该怎么做了。

毕竟,她在很久很久以前就选择了一条不归路。

尾声

在真爱的初吻下,白雪慢慢睁开双眼。

她觉得疲倦和古怪,但同时也欣喜若狂地发现眼前的王子。他解除了魔咒并唤醒白雪。看来那位老婆婆给她的苹果真的有神奇魔力,因为白雪的愿望实现了。

不久后,他们便结婚了。婚礼当晚,树上有许多萤火虫在暗夜里闪烁微光。夜空中繁星点点,就如镜子碎片散落在一望无际的海面上闪耀着。城堡四处布置着她最喜欢的花,花香勾起许多美好回忆。白雪和丈夫在大厅里跳舞,王后遗留下来的圆筒镜在大厅里旋转,将斑斓的图案投影到石墙上。白雪想象她两位母亲都在场,轮流和她跳舞并开心祝福她。白雪吻了王子一下。

一切幸福无比。

白雪牵着王子的手,对即将展开的新生活感到好奇。后母去世以后,她成为这个王国的新王后。她想,她应该会像父亲一样公正且热情地治理这座王国；要是后母当初走得出阴霾的话，或许也能治理得跟父亲一样好。

她再次吻了王子一下，然后抬头望着星星，感受到一种未曾体验过的爱。

她很幸福。

这天，白雪唯一的遗憾是她的父亲和两位母亲都无法出席。他们三位都在她很小的时候就去世了……至少白雪是这么认为的。没有人知道为什么白雪仍深爱着王后。其实那是因为对白雪来说，在她父亲遭人杀害的当天，后母就跟着死去了。而在那天以前，后母一直都是她的守护天使。

结束了一整天漫长的婚礼庆典后，白雪独自回到房间里休息。她注意到侍女在壁炉旁堆了一些结婚礼物。她蜷缩在厚软的天鹅绒椅子上，双脚塞在椅子另一侧，这姿势让她觉得自己变得小小一团……就像一个小宝贝。

小宝贝。后母常常这样叫她。

她好想找后母谈现在的心事。她好希望后母当初没被虚荣和悲伤吞噬。白雪从床铺旁的结婚礼物中拖出其中一个大包裹，想拆开来看里面到底装了什么。

原来是后母最喜欢的镜子。那面令后母无法自拔，整天照着的镜子。

镜子里突然冒出一阵火焰和浓雾,吓了白雪一跳。

接着,镜子里出现了一张脸。

"我爱你,美丽的小宝贝。"王后在魔镜里说道,"我一直爱着你,将来也不会变。"

于是白雪笑了。